A CASA DA ESQUINA

CB067086

DUCA LEINDECKER

A CASA DA ESQUINA

12ª edição

L&PM
EDITORES

Texto de acordo com a nova ortografia.

1ª edição: outubro de 1999
12ª edição: junho de 2018

capa: Ivan Pinheiro Machado. *Foto*: iStock
revisão: Jó Saldanha, Renato Deitos e Carlos S. Saldanha

L531c

Leindecker, Duca
    A casa da esquina / Duca Leindecker. – 12 ed. – Porto Alegre:
L&PM, 2018.
    128 p. ; 21 cm.

    ISBN 978-85-254-0587-6

    1.Ficção-brasileira-novelas. I.Título.

CDD 869.933
CDU 869.0(81)-32

Catalogação elaborada por Izabel A. Merlo, CRB 10/329

© Duca Leindecker, 1999

Todos os direitos desta edição reservados a L&PM Editores
Rua Comendador Coruja, 314, loja 9 – Floresta – 90220-180
Porto Alegre – RS – Brasil / Fone: 51.3225.5777

PEDIDOS & DEPTO. COMERCIAL: vendas@lpm.com.br
FALE CONOSCO: info@lpm.com.br
www.lpm.com.br

Impresso no Brasil
Inverno de 2018

*Este livro é dedicado a minha mãe Dália e
ao meu amigo Cau Hafner.*

Agradecimentos:
A Titha Kraemer, Délio e Dirceu Tavares, Dionísio Ferme, Thedy Corrêa, Lia Luz, Letícia Wierzchowski, Luciano e Adriano Leindecker, Cida Pimentel, Letícia Remião e a todos que contribuíram de alguma forma.

Pesco palavras entre tantas que invadem meu pensamento vindas de um lugar distante. Ouço frases inteiras como se um outro conversasse incansavelmente comigo contando segredos da minha personalidade. Sussurradas, às vezes parecem palavras de medo. Medo de que eu realmente saiba tudo e não me poupe de qualquer detalhe.

Não sei exatamente por que, mas cresci ouvindo esta voz que me acompanha onde quer que eu vá. Me acalma, me irrita, me entende. Na cama, posso escutá-la com mais clareza. Às vezes me excita, às vezes canta, chora, ri.

Fecho os olhos e ouço histórias sobre o passado, fatos que ficaram apagados por algum motivo no labirinto onde se escondem as memórias. Agora escuto tudo na mais completa nitidez, não só a voz, como todos os sons daquela época. Entre eles recebo notícias do futuro, caminhos anunciados através da mais despretensiosa decisão, calçada, quase sempre, nos erros de ontem.

I

A alça da minha mochila arrastava as flores de primavera que tomavam a calçada da casa da esquina, no encontro das ruas Nova York e Mata Bacelar. O dia eu não me lembro, algum dia perdido entre agosto e setembro. Nas mãos carregava os blusões que sobrepostos esquentaram o frio daquela manhã, no rosto o suor de um meio-dia quente característico de uma cidade de temperaturas radicalmente opostas. Meus passos arrastados iam levando junto todo o clima cálido e úmido daquele momento repetido diariamente, diferente dos passos que traçava na vinda, quando cedo me via obrigado a pisar em marcha cega, quase automática, rumo à escola. Primavera é o nome da flor que tomava a calçada daquela esquina.

Três batidas compassadas e consecutivas compunham o código familiar do toque da nossa campainha, algo que se cria com o tempo; mais de três seria exagero, e menos, muito pouco. O fato é que, por mais que tentasse driblar este código me fazendo passar por um estranho para assim ser atendido com mais presteza e atenção, sempre ouvia a mesma voz que ecoava da cozinha:

– Já vai, Ranço!

Era Dona Catarina, nossa empregada. Catarina-preta, forte e de olhos brilhantes, uma segunda mãe. Após atender a porta, voltava correndo para suas panelas escaldantes enquanto eu jogava pelo chão da sala a mochila e algumas flores.

O aroma dos bolinhos de arroz, aliado à fome de quem foi acordado às sete e trinta da manhã, me fazia misturar toda a comida numa grande pasta. Com o garfo desenhava, cortando até o fundo do prato, um pequeno ensaio arquitetônico: sala, quartos, banheiro, cozinha etc. Algo como uma técnica, um método divertido de cumprir os deveres com a minha nutrição. Começava sempre pela varanda, depois os quartos. Por fim, comia toda a sala que no centro do prato guardava por mais tempo a quentura num fio de vapor que fugia e tomava meu rosto.

Na mesa da cozinha sentávamos todos, inclusive Catarina, para apreciarmos, ao som das nossas vozes, os pratos variados daquela mãe preta. Ouvíamos histórias misturadas aos ruídos dos talheres raspados na louça, e às vezes ficávamos em silêncio apenas concentrados no sabor de cada prato. A tevê era ligada assim que entrávamos em casa, as imagens começavam a surgir durante a refeição, tempo suficiente para que as válvulas fossem aquecidas, trazendo o admirável mundo em preto e branco.

O sol banhava toda a nossa varanda nas estações de frio, e após o almoço costumávamos abrir as duas grandes portas e deixar que os raios entrassem pelo carpete do quarto até a porta do armário marrom. Ali nos deitávamos ao som de algumas canções nacionais e deixávamos que o tempo transcorresse solto, concentrados apenas no ritmo e na dança do pó que flutuava, cruzando os feixes de luz delineados pelo sol.

Naquela tarde aguardava a visita de meu avô, Armandio. Armandio, que deveria se chamar Armando não fosse a absoluta ausência de comunicação entre os colonos alemães e os escrivães da época. De qualquer forma acabo achando que o escrivão estava certo quando lembro a voz de minha vó pronunciando em tom intenso e lamuriante:

— *Non Armandio! Hände weg vom Kühlshrank!*

Ouvi a campainha às quinze horas em ponto. Dona Catarina abriu a porta levando a xícara de café que usava para esquentar as mãos após lavar a louça sob a água gélida, entrelaçando os dedos por entre a asa.

— Boa tarde, seu Armando.

Naquele dia Armandio me levaria para minha primeira aula de basquete. Tínhamos quase obrigação na prática de algum esporte. Escolhi o basquete por vários motivos, dentre eles a influência de meu pai, que depositava na modalidade seu maior gosto. Muitos rumores invadem minha lembrança para falar dos tempos do basquete. Um deles constrói a figura de papai como dedicado atleta inseparável de sua goma de mascar, amuleto certo para os momentos de superstição. Outros tantos cruzam minha lembrança em flashes iluminando fotografias antigas jogadas em uma das gavetas da cômoda da sala. Ampliações feitas num papel de bordas picotadas, moldura das imagens esportivas de meu pai e meu avô. Armandio era campeão de boliche e em uma das fotos aparecia com um calção modelo "fraldão" e uma camiseta de física bem apertada. A foto registrava o exato momento em que a bola deixava sua mão em direção aos pinos, dos quais, segundo ele, nunca sobrava um. Papai aparecia com um uniforme não muito diferente. A bola de couro não tinha as linhas que sugerem os gomos das atuais, e os tênis pareciam sapatos.

Além do incentivo da família, o fato de praticar algum esporte era, pra mim, muito excitante, considerando a possibilidade de encontrar e desenvolver novas amizades e iniciar meus ensaios nos complexos caminhos do convívio social.

Os passos leves do magro e alto senhor se aproximavam do quarto. Vesti a bermuda de nylon branco que usava nas aulas de educação física e esperei pronto, apesar de sentir no fundo do peito uma espécie de angústia, fruto da ansiedade que me tomava e transformava meus sentimentos confundindo as razões daquela aflição. Armandio entrou e, com naturalidade, estendeu-me a mão branca esculpida pela ação do tempo. Sua imagem elegante retratava bem as características de uma vida dedicada ao ofício da alfaiataria. O terno, milimetricamente ajustado, abotoaduras de prata e a postura disciplinadamente ereta, concluíam a perfeita definição de "avô". O sol nos aguardava lá fora e sem demora saímos rumo ao clube.

No caminho, meus olhos procuravam cautelosamente cada detalhe, as roupas, os sapatos, as árvores. Adorava observar o comportamento dos outros, olhar as expressões das caras assustadas por entre os carros, os dedos das mulheres nas sandálias e os velhos calmos como Armandio. A força do sol fazia com que traçássemos um caminho sinuoso entre a sombra, que nos refrescava, e os raios, que nos aqueciam. No primeiro quarteirão víamos uma grande amoreira que sombreava todo o lado em que morávamos nos jogando para frente em busca da luz que nos aqueceria. Nos quarteirões seguintes me senti meio perdido num território ainda novo até o clube, o que me fazia andar mais juntinho, quase dentro do paletó de Armandio.

Na entrada, a porta giratória me lembrava os filmes de agentes secretos. Logo que entramos, transpondo os grandes muros que isolavam o clube num imenso quarteirão, surgiu a imagem de um amplo espaço esportivo. Nos primeiros passos caminhávamos sob um grande ginásio coberto. À nossa direita ficavam as piscinas infantis, e mais à direita, a quadra de basquete. O treino transcorria como a engrenagem de um relógio. Duas grandes filas posicionadas paralelamente frente à cesta exercitavam, sem descanso, a etapa mais importante do esporte. Fiquei ali olhando aqueles movimentos repetidos quando surgiu a voz do treinador. Os gritos eram assustadores; por um momento pensei que fosse engano, que um estranho maluco houvesse invadido a quadra. Não, se fosse um maluco os garotos não permaneceriam indiferentes. Olhei para meu avô e, quando esbocei a intenção de desistir de tudo aquilo, a palavra já saía decidida de sua boca. Estendi a mão, tentando tocar seu ombro e sussurrar baixinho um "não".

— Treinador!!

Tarde demais para desistir, e com o grito de Armandio todos já voltavam os olhos para mim naquele segundo de identificação visual que nos seca a alma. O barulho do quicar das bolas diminuía de intensidade e andamento como uma música que num toca-discos antigo se esvai sob a agulha na tentativa de reproduzir o som do aparelho há pouco desligado. Naquele instante fiquei bem quieto, deixando que tudo voltasse a transcorrer normalmente, apesar de meu aparente arrependimento.

Das arquibancadas pintadas de branco Armandio acompanhou meus primeiros movimentos descoordenados com a bola. O treinador, comandando tudo e todos com seu olhar seco e sua voz ríspida, me fazia aos poucos integrar a equipe com mais conforto. Sua seriedade me trazia a sensação de que éramos todos adultos, como nos grandes épicos que assistíamos nas pequenas tevês valvuladas, entre o cachorro-quente e o pão com açúcar.

Durante o treino percebia como os minutos passavam estranhos; no início, do grito de Armandio à resposta do treinador, o tempo passava lento, quase como se o som estivesse cansado e fosse rastejando da boca aos ouvidos. Depois não, com o passar arrastado das circunstâncias o espaço ia se aquecendo como se precisasse de um empurrão meu para passar mais e mais rápido. Inversamente proporcional ao meu interesse por tudo, o tempo acelerava contra o meu deslumbramento.

Percebi que tudo estava rápido, tentei reter aquele momento para que não se fosse de súbito, e novamente era tarde demais. Dada a mão para Armandio, saí pelas ruas entre os carros, os velhos e as sandálias.

II

Sentia meu corpo leve como se pairasse no ar, ruas esquisitas e "grandes elefantes". No fim da rua um grande mercado com uma infinita variedade de produtos. Perambulando entre os produtos, pessoas e animais dos mais estranhos, cordas, camelos e um grande muro. Em meio a tudo havia uma criança, uma menina de olhos esbugalhados e brincos de rubi. Ela aparecia distante entre todos que cruzavam meu caminho.

Sua imagem era confusa, mas consegui captar sua fisionomia que se misturava com os tons de terra daquele chão batido e de seus cabelos castanhos que pareciam refletir a cor do lago seco na areia. Uma imagem mágica entre tantos tons opacos. Dela podia sentir algo como uma luz que me atingia ordenando que a seguisse onde quer que fosse numa busca sem limites. Corri entre aquela procissão de comerciantes andarilhos, trombando em alimentos pendurados em tendas cheias de poeira e animais que por vezes me jogavam ao chão. Quanto mais eu corria mais distante parecia estar dela. Minhas pernas já estavam muito pesadas quando ouvi ao fundo uma voz rouca que aumentava de volume progressivamente.

Lá estava eu escondido entre um milhão de cobertores implorando para voltar aos "elefantes" enquanto tomava uma vitamina densa de mingau de aveia que me descia com gosto de remédio.

A mão preta de Catarina levava o copo vazio enquanto a família se arrumava para os compromissos daquele dia que começava, como sempre, muito cedo.

O caminho da escola não era longo, quatro quarteirões. A porta da sala batia imponente pela reverberação ouvida nos corredores largos e de ambiência clara. O pé direito parecia pra mim ainda mais alto do que naturalmente era, as escadarias somavam seis lances de nove degraus e o portão pesava muito mais do que eu poderia suportar. Os quarteirões mediam cem metros e não eram necessários mais que dez minutos para percorrê-los e aguardar junto às filas que se formavam no pátio a execução do hino nacional brasileiro:

– Ouviram do Ipiranga às margens...

Atrás do pavilhão mais antigo da escola ficava o bonde, um dos poucos vagões restantes de uma frota abandonada. O amarelo, na certa, era resultado de uma pobre tentativa de restauração, não que a cor original não fosse de fato o amarelo. A escada que conduzia o passageiro para dentro do vagão era com certeza parte original do trem. Lascas sobrepostas a pequenas tábuas ocas compunham o que restava daquela peça. Das lembranças dos lugares que formavam o cenário da escola, o bonde me vem com mais clareza. No canto do pátio o vagão imóvel mostrava-se como o esqueleto de algum réptil antigo aos olhos acostumados daquelas turmas. Para mim ele parecia vivo, apesar de abandonado.

A manhã passava lenta. Quando desistia de aguardar a chegada do último sinal, ele soava. No caminho de volta olhava para as calçadas com um olhar desprendido, caminhava sobre os ladrilhos e seus cordões e observava as mesmas casas de sempre na esperança de ver algo novo em seus interiores.

O aroma era mais do que suficiente para perceber que me aproximava da casa da esquina. As flores de primavera eram realmente perfumadas de uma fragrância viciante. Antes que chegasse já podia avistar o gramado parelho cobrindo o pequeno jardim. O primeiro andar era todo de pedra, no telhado pequenas mansardas me observavam como se tivessem vida. Não havia um dia que eu passasse por ali sem que me curvasse para apanhar um punhado de pétalas caídas sobre a calçada ou me sentasse em frente à casa por alguns instantes. O tempo que ficava lá usava pra pensar nas coisas que me aliviavam.

Tenho a impressão de que quanto mais novo se é mais real se pode sentir o irreal, viver de sonhos e brincadeiras, construir realidades dentro do imaginário. Olhar para um sofá e enxergar um carro e passear pelo mundo e pelo espaço embarcado naquele autoimóvel que permaneceria estático no meio da sala. Eu gostava de viver lá naquela época, mas não me conformava com a imposição de tudo, a ditadura dos adultos, a pressão dos que não sabiam mais sonhar sobre os que viviam dos sonhos. Queria crescer rápido e continuar sonhando. Lá, em frente à casa, eu sonhava sozinho ao cheiro viciante daquela flor, depois me levantava e percorria as quadras restantes com o mesmo passo lento de todas as voltas.

Catarina abriu a porta com aquele sorriso puro. Naquela época ela já devia ter uns quarenta e poucos anos e não havia encontrado um homem que a acolhesse. Quando chegava o fim de semana e nós não tínhamos nenhuma programação que precisasse de seus serviços e sua companhia, ela retornava para casa de sua irmã em um bairro na periferia da cidade. Não havia um dia que não a incomodássemos de alguma forma. Em alguns momentos ela quase nos batia de tão furiosa com nossas brincadeiras, mas acima de tudo nos amava. Durante o almoço ela geralmente não falava, ficava apenas observando o movimento atenta a qualquer pedido. Naquele ano minha mãe estava alfabetizando Catarina. Lembro de um caderno que ficava na cozinha com a capa em xadrez vermelho. A encadernação era envolvida por um plástico transparente que recebera uma tarja. Na tarja seu nome estava escrito numa caligrafia totalmente assimétrica e distorcida, transmitindo mais do que qualquer artista a autenticidade dos traços crus.

O almoço acabava lá pela uma e meia da tarde, hora em que meu pai saía para o seu escritório em Novo Hamburgo. Minha mãe, após dissertar sobre quadros políticos e fatos históricos, saía junto, pois lecionava em duas escolas, uma particular, que pertencia aos padres e que agregava a ala mais burguesa da cidade, e outra em um subúrbio miserável, retrato fiel do país em que vivíamos. Naquela época, apesar de novo, podia sentir o clima de medo que a ditadura exercia sobre a nossa casa: meu pai, advogado trabalhista, e minha mãe, professora de história, não escapavam de suas consciências. Na biblioteca dezenas de títulos proibidos os faziam vibrar de forma defensiva quanto a tudo que pudesse representar ameaça. Às vezes o mais inofensivo dos funcionários da escola se transformava em agente secreto da CIA aos olhos traumatizados de minha mãe. Papai vivia animado, lia livros com a mesma frequência que respirava, tinha dentro de si um pouco de cada livro, cada personagem, e costumava fazer citações em voz alta, transformando o ambiente em que estivesse no palco de suas leituras.

Entre a varanda e o quarto do armário marrom deitei como de costume. O som do violão tocado por meu irmão mais velho me fascinava, me ajudava a viajar pra longe, perto das ilusões mais absurdas que minha cabeça conseguia produzir. Circunstâncias cinematográficas onde, quase sempre, me revelava o grande herói de pequenos curtas imaginários de finais apoteóticos.

Os sonhos brotavam com a música como se a ela pertencessem.

III

Tá, tá, tá, tá, tá...

Algumas semanas se passaram e já começava a me sentir totalmente a vontade nos treinos de basquete. Armandio não me levava mais, eu já havia aprendido o caminho e adorava ir sozinho sentindo-me independente e responsável. No percurso me deparava com os tipos mais estranhos e acelerava o passo quando me sentia de alguma forma ameaçado. Às vezes corria e olhava minhas pernas que se embaralhavam num ímpeto egocentrista onde todos para mim eram espectadores de um eu biônico. Muito eu misturava os seriados de tevê com a vida real, cantava baixinho a trilha de cada série, dependendo do personagem que se adequasse melhor a cada situação. O meu preferido era mesmo Steve Austin, o homem de seis milhões de dólares. No caso deste personagem eu corria, olhava para minhas pequenas pernas, que apesar de não serem biônicas conseguiam a velocidade necessária para embaralhar-me a visão, e emitia com a boca o som que teoricamente viria do nada:

– Tá, tá, tá, tá, tá...

A sonoplastia me soava perfeita. Eu realmente acreditava ser o homem de seis milhões de dólares.

Naquela tarde cheguei um pouco adiantado, acho que em função da velocidade supersônica que minhas pernas desenvolveram até o clube. Normalmente eu levava minha própria bola e, quando acontecia de chegar mais cedo, ficava jogando sozinho até o início do treino, sempre às três em ponto. O tempo passava rápido naqueles instantes que precediam as aulas de basquete; de fato, o tempo passava rápido sempre que estivesse fazendo algo que me interessava.

Aos poucos todos iam chegando e ocupando a quadra. Quando ouvíamos a voz forte do nosso treinador corríamos para o lado direito, onde formávamos as filas do oito. Dentro da quadra treinava com dedicação quando, naquele dia, percebi a presença de um espectador no alto da arquibancada branca, junto às folhagens que enfeitavam o topo dos degraus.

– Papai! – gritei, abanando num gesto surpreso.

Às vezes, quando cancelavam alguma audiência ou quando simplesmente lhe dava na telha, ele aparecia lá. Sua presença era mais que um incentivo, era um estímulo de todos os sentidos. Me sentia mais vivo, como se acordasse de um estado de dormência inconsciente, como quando percebemos subitamente o barulho de uma máquina que só é ouvida quando para. Coisas que nos acendem.

Continuei treinando, porém com mais dedicação, enquanto nosso treinador ia até ele para uma breve conversa. Dei tudo de mim, e no coletivo papai torcia como se estivéssemos no meio de uma grande final. Fui bem, mas sabia que mesmo indo muito mal ele estaria lá pra me apoiar e me trazer a segurança de pai. O jogo acabou assim que o relógio do clube marcou cinco horas, momento em que pude abraçá-lo, finalmente.

– Muito bem, filho! – exclamou papai me envolvendo num abraço de urso.

No caminho fomos passando e quicando a bola de um para o outro entre as pessoas que passavam pela rua e os obstáculos que surgiam na nossa frente. Naquele horário o sol já estava bastante baixo e não emanava mais o calor que me aquecia na vinda. Uma brisa forte vinda do sul e que há muitos anos fora batizada de "Minuano" compunha uma atmosfera que, involuntariamente, iria se entranhar na composição da minha personalidade, contribuindo tanto quanto o afeto e o companheirismo de papai para o que sou agora.

Na ida pra casa desviamos um pouco o caminho. Na verdade desviei-o propositalmente para passar pela casa da esquina. Nas voltas do basquete eu tinha duas opções de retorno, uma delas, a mais longa, passava perto da escola, de onde eu repetia o trajeto de todas as manhãs, incluindo a habitual parada em frente à casa.

Antes de fazer qualquer comentário, e já aproximados uns dez metros do gramado que tomava o jardim, fiquei surpreso ao ver papai se abaixando pra pegar uma flor caída na calçada.

– O que tu achas desta casa? – perguntei com um ar desinteressado.

– É muito bonita – respondeu, cheirando a flor.

Esperei um pouco, me abaixando para pegar uma das flores que restavam no gramado, enquanto papai apreciava o perfume com um olhar pensativo.

– A casa que sempre me chamou atenção, e um dia ainda há de ser nossa, é a que fica no próximo quarteirão. Vamos até lá que eu te mostro – falou em tom determinado levantando o braço na direção da casa.

Arremessei a bola no sentido indicado, esperando que ele corresse para pegá-la.

– Estou cansado, filho. Não tenho mais fôlego.

Corri para que a bola não fosse rolando até a rua e parei instintivamente em frente a uma casa branca com um arco rústico na entrada.

Por alguns instantes de silêncio ficamos ali projetando como seria a vida naquela casa cheia de espaços e que exibia, no fundo do pátio, uma casinha de cachorros maior que a nossa garagem da praia. O gramado era, como na casa da esquina, parelho como um carpete alto, e ao contrário da que eu admirava, esta tinha apenas o andar térreo. No momento em que fizemos silêncio para observar a casa senti que não tínhamos idade, que compartilhávamos de um mesmo desejo e que, por isso, éramos iguais. Um momento congelado no ar como uma foto que nos engana sobre os parâmetros da realidade dinâmica, nos oferecendo dela uma referência estática. Como na realidade verdadeiramente dinâmica, prefiro não ter a revelação da foto que guardo comigo, assim levo dentro de mim cada momento passado transformando-o, sempre que me seja oportuno, em parte do meu presente.

IV

— "Com as decisões tomadas na pacificação da Revolução de 1923, não haveria reeleição em períodos consecutivos, nem do Presidente do Estado, nem dos Intendentes Municipais. Em 1928, foi empossado o Dr. Getúlio Dorneles Vargas..."

A narrativa da professora de Estudos Sociais não era das melhores, no entanto este era um dos assuntos que mais me interessava. Eu costumava sentar na terceira fila de classes do centro da sala e procurava distribuir minha atenção entre as matérias que me interessavam, as bagunças que me divertiam e me afastavam do rótulo de bundão e algumas garotas que passavam pela porta entreaberta do corredor. Na pequena mesa de fórmica verde, inscrições de outros anos gravadas à chave dispersavam minha concentração no texto sobre Getúlio e me levavam numa leve sonolência que sempre me denunciava:

— O senhor está dormindo?!

Da paz daquele pequeno cochilo a voz ríspida me trazia. Meu pescoço estalava sempre que isso acontecia, tamanha a velocidade em tentar reassumir a posição ereta do rosto. E a baba, esta era inevitável. Escorria num laço que banhava minha blusa e me expunha àquela situação tragi-cômica. Uns achavam bacana, a maioria ria, depois eu também ria.

— Não, professora, eu estava me concentrando na história do Getúlio.

— Babando!?

— Eu? Babando? — exclamava com uma cara de quem se vê surpreso pela acusação.

Dois segundos de silêncio.

— É que eu me concentro melhor babando — falei firme, optando por assumir com estilo o pequeno inconveniente.

Provavelmente o motivo de tanta baba fosse o aparelho que usava para correção da minha pequena arcada cheia de dentes exclusos, além do sono, é claro. A ortodontia ainda não estava tão avançada, e aqueles trezentos quilos de ferragem que dividiam com os dentes o espaço na minha boca me faziam salivar às pampas.

— Conte-me então quem foi Getúlio — perguntou, incisiva, antes que eu retomasse totalmente a lucidez.

— Como assim, quem foi Getúlio? A senhora tem que perguntar mais especificamente, depende do ano. Se a senhora estiver se referindo a 1930 ele era uma coisa, em 1920 ele era outra.

A cada frase que eu formulava, mais tempo eu ganhava até o maldito sinal. No lado esquerdo da minha testa já começavam a escorrer as gotas daquele suor frio. Por dentro eu me perguntava: será que hoje ela me pega?

— Tudo bem, pode me falar de 1930.

– Ah, bom! A senhora quer saber de 1930. Na verdade foi em 1930 que Getúlio...

Briiim!!!!!

Mal pude acreditar quando ouvi aquela sinfonia maravilhosa do sinal em contraponto aos gritos nos corredores. Apesar de conhecer razoavelmente a história de Getúlio, contada várias vezes por minha mãe nos almoços em família, estava totalmente esquecido e questionar foi minha única saída.

Assim que transpus, aliviado, a porta da sala em direção à saída da escola, senti meu corpo leve como se pairasse no ar. Corredores esquisitos e lentos professores cruzavam o objeto do meu foco: a menina dos brincos de rubi. Perplexo, levei rapidamente a mão aos cabelos pra tentar ajeitar um pouco o que era sempre desajeitado. Tropecei nos cadarços do meu próprio tênis e a perdi de vista como num flash. De repente a vi no fundo do corredor dobrando à direita. Sem que houvesse tempo de amarrar os cadarços saí em disparada. Maldito cadarço me surpreendeu novamente, desta vez me arremessando alguns metros adiante e me usando como bola de boliche a derrubar sem discriminação os transeuntes que, por azar, cruzavam meu caminho. Desta vez a perdi completamente. Quem era ela? Teria sido ilusão? Ou teria eu sonhado com ela por já tê-la visto? Na volta pra casa quase não conversei com os colegas que me acompanhavam no trajeto e, ao chegar em frente à casa da esquina, parei. Não demorou muito pra que meus colegas me abandonassem sem dizer tchau. Fiquei ali parado por mais alguns minutos e com o olhar disperso sentei no canteiro de pedras que marcava a margem do quintal. Apanhei uma flor das que ficavam jogadas sobre o gramado e comecei a viajar...

... a sala estava vazia e na cadeira fofa e imponente havia um grande livro de encadernação cara. Na capa, um mapa colorido e a rosa dos ventos; do corredor se aproximava engatinhando um bebê de mais ou menos um ano. Atrás, uma mulher cujo rosto não consegui ver com clareza; alta, magra, cabelos dourados e ondulados, sandálias trançadas e um vestido leve. Aos poucos ela se aproximava da criança com gestos de mãe. Tirou o grande livro da poltrona e sentou-se acariciando os pequenos dedos gordos do bebê. Um vento rasteiro movimentou as flores que estavam sobre o gramado fazendo-me levar os olhos ao relógio verde-escuro que adornava meu pulso. Lembrei do cheiro dos bolinhos de Catarina, voltei o olhar para a vidraça e me concentrei no desfecho daquela cena nos brincos de rubi.

Plim, blom!
Tempo
Plim, blom!
Tempo
Plim, blom! Plim, blom!
Tempo
Plim, blom! Plim, blom! Plim, blom! Plim, blom!
Pl.. (mudo)

A campainha ordinária não suportava a carga de um instrumentista desvairado e abandonado.

– Calma, Ranço! – gritou Catarina lá da cozinha sem a mínima pressa.

A demora em frente à casa aumentava a fome que de costume já era grande, diminuindo assim a paciência de esperar por qualquer coisa; no entanto, quando a porta se abria e o perfume dos bolinhos tomava meu sentido, tudo parecia acalmar-se saborosamente. No sofá da sala encontrei meus avós: Helma e Armandio. Helma, com seus óculos espessos, e Armandio, com seu terno milimetricamente ajustado, esperavam por papai que naquele dia estava demorando a retornar de seu escritório. Aproveitando a ociosidade dos dois, corri pra dentro do quarto pra buscar meus desenhos. Eu desenhava em folhas de ofício os temas mais diversos, colocava desenho por desenho em uma pasta própria para documentos e aguardava a visita de alguém que pudesse comprá-los. O preço era um cruzeiro, e as notas que conseguia guardava numa carteira bege que havia ganho de um colega da escola. Os desenhos eram atividade extra que fazia fora das aulas de pintura, onde, na verdade, eu ia para tocar piano.

Ao chegar na sala despejei na mesa de centro os desenhos de forma que pudessem vê-los panoramicamente. Meus avós olharam-se e resmungando baixinho deixaram escapar uma frase alta e bem-empostada:

– *Dieser Junge spinnt ein bißchen!*

Deduzi que fossem palavras de apreço a minha obra, já que não entendia nada mesmo. O primeiro desenho da pilha, lançada como em um baralho, era o que eu mais apreciava. Inspirado em uma gravura que ficava na parede da sala do apartamento de número dois do andar térreo de nosso prédio, eu desenhava aquelas imagens:

Os trilhos levavam ao horizonte.

O horizonte ao sol.

O sol ao olho que flutuava sobre ele e derramava uma lágrima azul com o reflexo de uma janela de esquadrias pretas.

De um lado dos trilhos, as árvores.

De outro, o deserto.

O céu azul e alguns pássaros que cruzavam nuvens esparsas.

Nos trilhos, apenas os cascalhos de todos os trilhos.

Os outros desenhos eram na mesma linha, porém não tinham a mesma força, ao menos pra mim. Geralmente paisagens abstratas e inconscientemente psicodélicas.

– Nós vamos querer aquele.

O desenho escolhido tinha um nariz, dois olhos e uma boca, sem o contorno do rosto. Dei de ombros, como quem acha que poderiam ter investido melhor aquele um cruzeiro, mas não hesitei em fechar o negócio.

Armandio tirou da carteira aquele monte de notas amassadas, escolheu a mais nova e me deu como se estivesse tratando com alguém da sua idade. Aquilo me fazia sentir muito bem, muito adulto. Eu tinha pressa em crescer, não suportava aquela situação dependente de ter de vestir o que meus pais queriam que eu vestisse e tudo o mais que um garoto da minha idade tinha de suportar.

Enquanto guardava meus desenhos e minha nota de um cruzeiro, meu pai entrou pela porta. Catarina foi logo ajudando-o com as coisas. Normalmente ele carregava, além de sua pasta, algumas pilhas de papéis, mais precisamente processos, processos e mais processos. Os três foram para a varanda conversar alguma coisa que não devia ser da minha conta, pois me pediram para esperá-los à mesa.

Lá na cozinha, Catarina, meus irmãos e minha mãe transitavam de um lado para o outro entre pratos, sucos e saladas. Aproveitei que meu pai estava na varanda com seus pais e perguntei despretensiosamente para mamãe:

– Você teve algum namorado antes do papai?

Minha mãe sempre foi uma pessoa muito prática, a vida lhe fez assim. Nasceu em Minas Gerais, numa cidadezinha chamada Papagaio – pra dizer a verdade ela nasceu foi no mato mesmo. O ano era 1942, e foi criada em fazendas com seus dois irmãos e um punhado de primas e primos. Sua mãe adoeceu quando ela tinha apenas treze anos e seu pai era uma mistura de pai com filho. Depois da morte de Amélia, a vovó, mamãe resolveu sair das asas da família fazendeira e se aventurar rumo a alguma terra prometida pras bandas do sul, onde chegou no inverno de 1959.

– Sim, mas ele morreu atropelado pelo bonde – falou simplesmente com uma voz serena e natural.

Sem ensaiar, eu, Catarina, e meus dois irmãos pronunciamos em voz alta:

– Pelo bonde!?

– É, pelo bonde, e o pior é que estávamos de mãos dadas. A família dele chegou a insinuar que parte da culpa fosse minha. Veja só que loucura!

Todos ficamos perplexos com a naturalidade que ela contava uma história tão maluca.

– Mas o bonde não andava em cima de trilhos?

– Andava, mas nós não. Nos distraímos e, quando vi, o bonde o tinha jogado direto para o meio-fio. Foi um tombo bobo do qual ele nunca mais acordou.

Papai entrou na cozinha e não deu outra, passamos o almoço inteiro conversando sobre o fatídico episódio que mamãe narrava sem constrangimento e que papai já estava careca de saber, apesar de nunca o terem nos contado. Eu me surpreendia com as histórias daqueles dois personagens que eram os meus pais. Quanta história tem um adulto! O mundo adulto realmente me fascinava cada vez mais. Cada vez mais eu queria ser um deles, contar histórias, saber das coisas, ir ao Banco. Na verdade eu me considerava um adulto sucumbido num corpo de pré-adolescente. Sufocava-me a ideia de não poder isto, não poder aquilo, e tantas outras coisas que fazem parte apenas do mundo dos adultos. O sexo, por exemplo, ninguém me explicou direito. Tinha aquele papo de encostar aquilo naquilo e toda aquela palhaçada de brincar de médico. Os adultos não brincavam de médico, eles eram médicos e faziam sexo. Quando alguém vinha me falar de sexo – um de meus colegas – falava com a maior propriedade, como se fosse a coisa mais incidente do mundo e que, por mais cedo, sempre era tarde pra começar. Eu fingia que tudo pra mim era natural, mesmo que na verdade não fizesse a menor ideia de coisa alguma, como todos eles.

Terminado o almoço, fomos para a varanda. O inverno já estava indo embora e o sol já não tomava parte do quarto, ficávamos lá fora como uma família de lagartos cercados pelas sombras.

V

O dia passava lento como todos os outros. Não era dia de basquete, mas às quatro e meia precisava atravessar a rua em direção a minha aula de pintura. Eu tinha tempo, eram apenas duas e dez e papai ainda não havia saído. Fiquei lá na sala e sentei a sua frente enquanto ele segurava um livro grosso e lia, concentrado, fazendo anotações nas margens. Às vezes não é preciso falar coisa alguma para sentir ou saber o que é importante na vida. Importante era ser como ele; soberano, inteligente, responsável. Fiquei ali meio invisível, sentado no chão e debruçado na poltrona vermelha ao lado da tevê com os olhos fixos na figura de papai. O tempo passou compassado e atrás do livro surgiu um olhar menos concentrado que me trouxe do pensamento distante.

— Não está na hora da sua aula?

Levantei sem dizer nada e fui apanhar meu material de pintura.

Estranho como os motivos que me incentivavam a fazer determinadas coisas eram um tanto confusos. Para ir à escola, por exemplo, pensava principalmente nas meninas que poderia encontrar por lá, mais precisamente a garota com quem vinha sonhando. Para as aulas de pintura o que despertava minha disposição era, além dos cachorrinhos-quentes com coca-cola servidos pela professora enquanto eu esboçava meus rascunhos na tela, o piano de parede que ficava no canto de seu atelier. Eu gostava muito das aulas de pintura, mas, sem dúvida, a forma de expressão artística que mais me fascinava era a música. Passei pela sala e me despedi de papai que permanecia na poltrona concentrado em sua leitura. Bati a porta e desci os seis lances de escada sem muita pressa pois sabia que bastava atravessar a rua para chegar até o endereço do meu compromisso.

Móveis antigos e um papel de parede bucólico destoavam do azul-claro da peça que realmente me interessava. A professora era muito querida, me tratava como um filho. Até hoje fica confusa a sua fisionomia em minha memória. Lembro de cabelos longos e pretos e também de uma grande sala; junto com a sala me vem a lembrança de um seriado de tevê que era exibido no mesmo horário da já concorrida aula de pintura, entre os cachorros-quentes e as fugas ao piano. Seu título: Ultraman. Depois surgiu também o Ultraseven. Passei algum tempo achando que "man" em inglês significava "um" pois "seven" eu associava fácil com "sete". Dentre as confusões de minha infância, lembro que nunca, até a fase adulta, reparei na homossexualidade do Dr. Smith.

O piano era, pra mim, um instrumento mágico. Ao cheiro dos cachorros-quentes eu me aproximava sorrateiramente. A professora não me reprimia, mas no fundo eu sabia que ela queria a minha atenção voltada exclusivamente para a pintura. Das vezes que toquei lá, me fascinava a sonoridade perfeita de um instrumento que não exigia do instrumentista iniciante nenhum tipo de aprimoramento técnico. Não era como um violino, por exemplo, que Armandio tanto insistia que tocasse, nem mesmo como um simples violão, do qual para que se tire o mais básico dos acordes é necessário muita dedicação e força na digitação. O piano não. Bastava sentar-se ao piano que tudo já parecia soar bem, a começar pelo móvel que é, na grande maioria das vezes, uma obra de arte. Depois era só se debruçar sobre as teclas que nunca se ouviriam os quartos de tom que os instrumentos não temperados têm a desonra de nos proporcionar. Interessante que raramente eu buscava uma melodia conhecida, buscava melodias perdidas entre brancas e pretas que aos poucos me levavam pra longe, cada vez mais longe e leve. Às vezes me sentia envergonhado quando era pego, por minha professora, dedilhando e solfejando melodias completamente distintas sentado ao seu piano. Caminhos melódicos que se cruzavam entre as cordas do cepo de aço incrustado no grande móvel e a voz aguda de uma idade com som de falsete. Apesar de toda minha fascinação por aquele instrumento único que se escondia no canto do atelier azul, estávamos lá para pintar e foi pintando que passamos a maior parte do tempo. Aquarelas, pincéis, traços e cores no movimento que quase sempre retratava a mesma cena. Paisagens onde o rio cruzava duas grandes colinas cobertas por um céu azul-claro com nuvens que mudavam de tela para tela, de acordo com o nosso clima.

Aquele ano passou mais lento do que se possa imaginar, para mim representava um nono de toda a minha existência. Um ano que equivaleria hoje a três anos, ou um nono de toda a minha existência.

VI

Brincos de Rubi

O início de um novo ano letivo era sempre excitante pra quem era pré-adolescente e solteiro como eu. As férias na praia haviam sido revigorantes e eu mal podia esperar para voltar a minha tediante rotina. No mês de março não era necessário carregar tantas roupas e era também mais fácil de sair da cama com a temperatura amena do final daquele verão. Lembro que no domingo anterior nem sofri ouvindo a música-tema do seriado Os trapalhões, que tanto me perturbava trazendo a lembrança de que o fim de semana acabara, dando lugar a uma semana cheia de tarefas.

O caminho parecia o mesmo. As mesmas casas e os mesmos edifícios, lojas, carros. Na verdade, acho que os carros eram as únicas coisas que realmente mudavam de ano pra ano. Nem todos, lembro que o fusca mudava geralmente muito pouco comparado aos outros modelos. Na caminhada um tanto eufórica podia sentir o gosto da vitamina de Catarina retomando espaço em meu esôfago enquanto me aproximava da casa da esquina. Lá estava ela, e em frente a ela a grande árvore tia das Primuláceas que com seu aroma me conduzia levitando desde aquela parte do trajeto até a escola. Dei uma breve parada. Olhei bem nos olhos da casa e refleti por cinco segundos o quão importante era sua presença ali, no meu caminho, todos os dias que ainda tivesse que ir à escola e dali para sempre em minha memória. Refleti e continuei rumo ao primeiro dia daquele ano.

O bonde amarelo, pavilhões de madeira pintados de azul e uma nova construção de esquadrias verdes e tijolos à vista me aguardavam para mais um ano de provas, jogos, brigas e sonhos. Junto às filas que se formavam no pátio, mais uma execução:

– Ouviram do Ipiranga às margens...

Enquanto a pequena vitrola se esforçava para executar os aproximados cinco minutos do hino nacional brasileiro, entre os estalos do vinil e os balanços da professora do SOE que segurava o microfone em frente ao seu minúsculo alto-falante, tentávamos identificar todos naquela primeira troca de olhares, buscávamos algo novo, alguém diferente dos outros anos. Por certo que haveria, pois todos os anos entrava e saía gente da escola. No meu caso, não lançava olhares na intenção de encontrar alguém diferente, meu objetivo era todo em focar a menina de olhos esbugalhados e brincos de rubi. Por mais que o tempo houvesse passado e as férias amornado a lembrança, era claro pra mim que não procurava outra além dela. Torci várias vezes o pescoço em todas as direções sem descanso, eram poucos os que não torciam. Confesso que não gostaria de encontrá-la na mesma situação, ela apareceria suave, despreocupada, tímida. Não encontrei, o hino acabou. Ninguém podia bater palmas; segundo a coordenadora do SOE, palmas representavam um insulto à soberania nacional e fugiam às normas protocolares.

Encontrando a sala à qual pertenceria naquele ano, busquei o mesmo lugar de sempre, a terceira fila de classes no centro da sala. Percebi que havia algumas caras diferentes entre tantas conhecidas do ano anterior e me sentei sério enquanto do fundo se ouviam os primeiros murmúrios da bagunça que logo cessaria com a entrada da professora daquele primeiro período.

Eu me apaixonava fácil por aquelas mulheres de trinta e poucos anos. Uma paixão relâmpago, não exatamente na mesma proporção que pela menina dos brincos de rubi, era menos, mas também era. Talvez porque a gente desenvolva paixões na medida da impossibilidade dos relacionamentos. A menina apresentava uma atmosfera de impossibilidade que me interessava, já as professoras me levavam para uma situação de impossibilidade que me desanimava. Projeção, tudo acaba sendo projeção. Na verdade eu ainda não conhecia nenhuma delas, e como era fácil projetar. Estórias mirabolantes com cada uma delas ultrapassavam os limites de velocidade do meu pensamento, mas era com a menina dos brincos de rubi que eu mais sonhava.

Pensei tê-la visto no canto da sala de frente para a janela. Seus cabelos longos escondiam o rosto pálido que eu esperava ver. Alguém pronunciou seu nome baixinho, uma outra menina que sentava duas filas atrás dela. Meu coração disparou e minha boca secou enquanto em meus olhos surgia o pequeno brilho da lágrima que lubrifica o olho aficionadamente aberto, sem sequer um piscar. Seria mesmo aquele o seu nome? Uma pequena brisa entrou pela janela movimentando os cabelos castanhos da menina que agora mostrava parte do rosto sem expor completamente as feições numa cena rápida. O vento acariciava as mechas que em nenhum momento mostravam mais do que apenas a pele branca da maçã direita do rosto. O som vindo das bocas e das mãos que manuseavam os materiais escolares pareciam ter sumido naquele instante que precedia o possível encontro. Continuei com o olhar fixo pra encarar o objeto dos meus pensamentos, quando fui percebendo o quanto aquele engano era na verdade a vontade de vê-la. O vento entrou mais forte e simultaneamente a menina virou-se para apanhar a lapiseira jogada no canto da classe. Frustrei-me, não era ela.

Continuei disperso, procurando me concentrar na professora que havia me interessado tanto. Ao meu lado estava o mesmo colega dos outros anos. Não me esqueço que ele usava uma régua na base da linha para que sua caligrafia saísse sempre perfeitamente perpendicular às margens da folha de seu caderno, e que por vezes o imitava fazendo a mesma coisa.

O primeiro dia de aula era mamata, não se dava matéria e só ficávamos naquela de conhecer os professores e os novos colegas, testemunhando e participando das famosas apresentações constrangedoras:

— Meu nome é...

O sinal tocou mais cedo do que eu esperava e logo saí atento pelos corredores, carregando apenas o estojo e a lista de material na mão direita. Todos ficamos na rua em frente à escola por alguns instantes conversando sobre o retorno e observando um pouco mais o movimento. Sem conseguir focá-la, voltei lento, passei pela casa da esquina com o olhar baixo e fingi que ela não existia.

Catarina abriu a porta como sempre atrasada após meu concerto na campainha. O cheiro da comida me fazia lembrar que havia futuro e que os instantes seguintes teriam o sabor daquele aroma que nos carregava. Papai não estava conosco naquele almoço, somente eu, meus irmãos, mamãe e Catarina. Foi a primeira vez que eu senti a sua falta. Eu já sabia que o motivo de sua ausência não era o escritório em Novo Hamburgo ou alguma saída com Armandio. Mamãe havia nos preparado durante as férias.

Papai estava doente.

Ouvi os depoimentos de meus irmãos e contei minhas experiências daquele primeiro dia de aula. Fomos para a varanda e deitei sobre o carpete.

O sol me cegava a visão. Comecei a enxergar lá nas nuvens reflexos coloridos com formas estranhas como um grande nariz sem rosto, ou uma grande barbatana sem peixe, ou uma linha num papel branco que se tornava preenchido por aquele peixe, ou aquele rosto. Quanto mais me distanciava mais leve sentia meu corpo. Vi a figura de meu pai se distanciando numa praia deserta, corri muito mas não o alcancei, olhei para os lados e vi que o temporal se aproximava de onde eu estava, não havia ninguém por perto, a nuvem colorida havia se transformado e não mostrava mais sua beleza. Na base do cômoro de areia, distante uns cem metros da praia, havia um pequeno vulto. Corri o mais rápido que pude e consegui clarear um pouco mais a visão sem identificar quem era, lembrei da menina dos brincos de rubi e corri ainda mais, transpondo os cômoros que me faziam lento pela areia fofa. Ela estava lá sentada diante de mim com um punhado de pétalas de primavera na mão. Sentei ao seu lado sem que perdesse sua expressão serena e não senti necessidade de falar coisa alguma, apenas olhei com olhos panorâmicos e me envolvi no ambiente brando do momento em que ouvi a voz de papai:

— Acorda, ladrão de açúcar.

Eu gostava muito de açúcar puro, no pão, com banana, de qualquer jeito. Acordei um pouco assustado e saí do sol.

VII

Quando temos interesse em alguma coisa, colocamos em prática uma espécie de timer interno e acordamos precisamente na hora, nos minutos e nos segundos predeterminados. É verdadeiramente incrível o quão preciso é o despertador dos nossos interesses pessoais.

Naquela manhã ensolarada de outono eu despertei assim, voluntariamente, sem me preocupar com o desconforto de me expor ao frio de fora da cama, ou ao simples fato de estar desperto no turno da manhã, que para mim era, e ainda é, rotineiramente inconcebível. O primeiro jogo como titular na equipe de basquete transformava em silêncio todos os argumentos que eu normalmente usava para não sair da cama. Acordei e fui para a cozinha sem fazer muito barulho. Os raios de sol, ainda fracos, entravam pelos vidros espessos das janelas da cozinha e se espalhavam pela mesa até a geladeira de onde eu tirava a leiteira para preparar a minha vitamina. Catarina não estava e papai acordou junto com os outros tão logo eu iniciei o uso do liquidificador. Ninguém reclamou pois todos já sabiam da programação daquela manhã, e não se importaram, como eu, em acordar cedo. Eu estava muito ansioso e quando vi papai escorado no marco da porta senti a vitamina em meu estômago.

Sentimentos estranhos tomam conta do nosso corpo quando temos um desafio qualquer pela frente. O mais forte deles é a insegurança que se transforma invariavelmente em dor de barriga. Depois surgem reações como o sentimento de falsa autoconfiança seguido de uma leve tendência depressiva. Por fim, e não em todos os casos, surge a verdadeira autoconfiança que já é uma mistura de instinto de sobrevivência com fobia de passar vergonha, e esta última fase só se revela no ato do desafio, dentro da quadra, quando não há mais volta.

Saímos assim que desocupei o banheiro após dar vazão à primeira fase dos meus sintomas. No caminho não reparei em nada, fui como em todas as idas à escola onde pisava numa marcha cega. Papai me deu a mão e caminhamos lado a lado enquanto meus irmãos brincavam pelo caminho até o clube, vigiados pelos olhos de mamãe.

Na arquibancada estavam todos, até mesmo a vizinha do apartamento dois. Dentro da quadra estávamos nós e aquele exército que nos enfrentava. Eu já havia passado por todas as fases que precedem qualquer desafio. Naquele momento estava na fase da verdadeira autoconfiança e do medo de passar vergonha. Nosso time era bastante forte e às vezes eu olhava pra cima buscando nos gestos de incentivo de papai alguma força extra que nos ajudasse a vencer. Novamente o tempo parecia se alterar à medida que o jogo ia se aquecendo. Cada jogada, cada corrida, cada cesta tornava o tempo mais rápido contra nossas aflições, e mais lento contra o nosso bom desempenho. Não sei exatamente como aconteceu, mas naquela primeira partida que participei como titular e todos nos assistiam nós vencemos.

Euforia é a palavra mais adequada para aquele momento. Conseguir, alcançar, ser melhor, provar matematicamente ser superior fazia com que o time perdedor sentisse o extremo oposto, apesar de todos os ditados hipócritas sobre espírito esportivo.

Diante da matemática lotérica de destinos tristes e felizes era aquele o nosso dia, e principalmente o de papai, que não dispensava o seu lado nietzschiano de me levar pelos caminhos do "super-homem". Eu ainda não entendia muito bem o que significava vencer ou perder, mas conseguia captar as razões da realização de papai e vibrava com ele. Voltamos para casa pelo mesmo caminho que eu traçava em todas as idas e vindas, e que naquele dia, porém, parecia outro. Enxerguei coisas que nunca havia reparado. Vi, numa casa que sempre estivera lá, estátuas de anjos que pareciam ter descido do céu, como se o sentimento de vitória tivesse aguçado minha percepção a tudo, e tudo eu devesse ver na plenitude daquele momento. Desperto, mais que nos outros dias eu me sentia lúcido, real, vivo, admirado e amado.

Em casa tomamos banho e depois fomos ao supermercado, onde eu e meu irmão mais novo ganhamos um kit do Conan com espada e escudo, presente de papai.

VIII

Quando não temos interesse em alguma coisa, desativamos nosso timer e não acordamos precisamente na hora predeterminada. Fico sem palavras pra expressar a sensação de desconforto, inconsolo e, às vezes, raiva que sentia sendo obrigado a acordar naquele horário para ir à escola, algo que pra mim não fazia o menor sentido. Matérias bizarras e teorias que não me interessavam extraídas de textos entediantes que só me faziam lembrar mesmo era das garotas, elas e só elas poderiam me estimular naquele momento.

Naquela manhã me vesti tão rápido que calcei os sapatos e só depois percebi que usava um par de meias bicolor. Tratei logo de descalçar os sapatos e abrir a gaveta das meias à procura do outro pé de alguma das duas cores que usava; a única que encontrei estava com um super-rasgão no calcanhar que aparecia na altura do tendão de Aquiles e me fazia sentir, além de desconfortável, muito ridículo. Problemão, já estava bastante atrasado e minha mãe começava a encher meus ouvidos com aquelas melodias esquizofrênicas.

— Você vai perder a aula! Por que você não é como

seu irmão mais velho que sempre acorda e sai no horário certo sem que eu chame a mínima atenção?

Que saco! Olhei bem pra ela e levantei a barra da calça de tergal azul-marinho que fazia parte do uniforme obrigatório da escola, fazendo visível meu problema bicolor.

— Qual é o problema?

Não acreditei quando ouvi aquela pergunta.

— Como assim qual é o problema? Não está dando pra notar?

— O quê? Você está falando das meias? — falou mamãe com um ar de indiferença.

— Claro que são as meias.

— Não se preocupe com as meias.

— Como assim não me preocupar com as meias?

De repente surgiu a frase que me fez perceber o quão relativa é a importância das pessoas e das coisas.

— Todos, como você, estarão tão preocupados com as próprias meias que ninguém irá reparar nas suas.

Achei o máximo, senti um alívio imediato, lembrei que em nenhum momento me passaria pela cabeça a preocupação com as meias vizinhas e que sendo assim isto realmente não era tão importante.

Saí atrasado, mas cheguei a tempo para a formação das filas no pátio. Naquele momento fiquei pensando nas palavras de mamãe com o olhar perdido na direção do bonde. De repente notei na quina do vagão um arranhão de unhas que transcendia a pintura amarela deixando marcas em baixo-relevo. Lembrei como que de assalto da história que, em um de nossos almoços, nos foi contada por mamãe e que revelava a morte de seu primeiro namorado justamente atropelado pelo bonde enquanto andavam de mãos dadas perto do meio-fio. Não seria por coincidência aquele o mesmo bonde? Fiquei assombrado, pude enxergar toda a cena transcorrendo diante de mim como num flash. Nunca vi nem foto do tal namorado e não sabia exatamente o que representava a morte, mas as circunstâncias que envolveram aquele acidente, tão estranho e tão bobo, serviam para ilustrar o quão irônico pode ser o rumo de cada destino.

Voltei o olhar para a fila e encontrei o que já não esperava encontrar. Os cabelos castanhos, os traços suaves e os grandes olhos brilhantes miravam meu rosto numa mistura de reflexos entre os brincos de rubi. A fila começava a se movimentar em direção à sala sem que eu pudesse acompanhá-la. Fiquei estático e aos poucos comecei a caminhar no rastro do último colega que já se distanciava. Meu corpo era puxado pela minha vergonha, enquanto meu lado corajoso me xingava de covarde. Olhei para trás e obviamente não a encontrei mais. Maldita velocidade! Por que o tempo era assim comigo? Sempre passava tão lento... e quando mais precisava dele ele não me esperava, não me dava condições para analisar com calma as oportunidades. Talvez tenha sido o excesso de expectativa. O exagero que atribuí à importância de encontrá-la me fez cristalizar diante de todos enquanto ela desaparecia diante de mim na continuação dos movimentos ensaiados em direção às salas de aula.

Nem tudo estava perdido, reparei que ela estava próxima às filas da quinta série, não seria difícil encontrá-la, e o mais importante é que desta vez pude ter certeza de que era ela.

Passei inquieto cada segundo que precedia o recreio. Briguei com os minutos como nunca, devo ter olhado umas mil vezes para o relógio verde-escuro esperando cada novo som que o pequeno ponteiro dos segundos emitia. Cheguei a questionar suas condições de funcionamento, aferindo-o periodicamente com o relógio do colega que usava a régua perpendicular à margem:

– No seu relógio também são...? – e assim sucessivamente de cinco em cinco minutos até as dez e trinta.

Enfim o sinal tocou e eu sabia que os instantes seguintes não iriam passar como os anteriores. Corri para fora e posicionei-me de forma que pudesse ter uma visão panorâmica da saída das turmas da quinta série. Fiquei ali atento, só me deixando distrair pelas pastelinas que um de meus colegas me oferecia como merenda.

Lá estava ela pairando entre as outras mortais que a cercavam. Perguntei, já com a voz trêmula, ao colega que me acompanhava se ele a reconhecia ou alguém que estivesse relacionado a ela. Ele não a enxergava daquela distância, eu não entendia como, para mim ela ofuscava a presença de todos que estivessem a sua volta. De qualquer forma, me esmerei tentando ser discreto em apontá-la enquanto ele abria outro saco de pastelinas sem mesmo ter acabado o primeiro.

– Você está vendo?

– Onde? – respondeu o colega olhando para o fundo do saco de pastelinas enquanto juntava os farelos.

– Olha pra lá! – ordenei batendo no ombro dele.

– Lá, onde?

– Lá, ao lado da Bruna.

– De blusa verde?

– Não, preta. A que usa brincos.

– Ah! Eu vi ela conversando com aquela nossa colega de aula que senta atrás de você – falou, finalmente, o garoto com a boca cheia de pastelinas.

– A Luíza?

– Ela mesma.

Agora eu estava chegando perto e já sabia quem poderia me levar até ela. No fundo eu tinha receio até de saber seu nome, medo que as minhas decepções começassem ali logo no início, no nome. Imagine algo esdrúxulo como aqueles nomes absurdos que alguns pais colocam nos filhos, imagine algo que não soasse harmonioso como um nome de rainha e ainda viesse acompanhado de um sobrenome dissonante, violentando os ouvidos numa sonoridade atonal. Copérnica de tal, não, calma, ainda era cedo pra me decepcionar. Baixei a cabeça e enxerguei meus sapatos envolvendo as duas distintas cores, lembrei das palavras de mamãe e desencanei de me decepcionar, retomando as prioridades das minhas intenções.

De volta à sala, sentei antes do sinal que dividia os períodos, esperando o retorno de Luíza que não escaparia do meu interrogatório. Notei que sua classe estava vazia, sem um livro sequer. O sinal tocou e ela não retornou, lembrei então que não a havia visto mesmo naquele dia.

A aula de matemática já transcorria normalmente quando comecei a adormecer com a cabeça deitada sobre o braço esquerdo que, estendido sobre a mesa, dava a impressão de que continuava trabalhando. A mão direita segurava a lapiseira sobre o caderno numa pose armada que funcionava muito bem durante alguns minutos. Naquele dia funcionou durante a aula inteira; babei à beça e acordei pouco antes do final. Acho que a professora me viu, mas não deu bola.

Voltei pela mesma trilha de sempre, pensando na menina que agora voltava a se tornar real para mim. No caminho, há mais ou menos cinquenta metros da casa da esquina, comecei a perceber o quanto eu estava eufórico. Tive vontade de pular, correr, colocar pra fora aquela sensação trancada e falar, falar muito. Pulei pra apanhar uma das diversas flores da casa da esquina e assim que tive a flor em meu domínio enterrei o nariz entre as pétalas para sentir seu perfume e temperar aquele momento especial como um prato que tem seus temperos indispensáveis e por isso se torna inesquecível. Fui assim até chegar em casa sem desperdiçar uma fração do seu aroma, projetando tudo de mais improvável entre eu e ela.

Às vezes penso nas projeções que me acompanham ao longo da vida. Tenho guardado comigo sequências impossíveis que na peneira do esquecimento venceram as realidades banais do meu passado. As realidades que não foram banais vivem hoje juntas no mesmo site das projeções. Para mim, tanto a realidade como as sequências impossíveis do meu passado são apenas lembranças extraídas da mesma memória. Enquanto as projeções não se transformam em simples realidade, elas continuam eternas.

Plim, blom!
Tempo
Plim, blom!
Tempo
Plim, blom!
– Já vai, Ranço!
Panquecas de carne, feijão suculento, arroz no ponto e o indesejável pequi. Pequi é uma fruta meio verdura característica da região de Minas Gerais e que mamãe adorava. Aí surge novamente o problema: eu não.
– Não adianta não gostar, vai comer! O pequi tem vitamina e ferro.
Mamãe costumava inventar os valores nutricionais dos alimentos na tentativa de nos convencer. Não conseguia, mas acabávamos tendo que comer de qualquer jeito. Catarina ria com seu sorriso engraçado que acabava por nos fazer rir também. Da janela da cozinha via outras famílias almoçando como nós e não escapava de pensar na possibilidade de estarem fazendo as mesmas coisas, saboreando o mesmo cardápio e rindo das mesmas piadas num rompante de curiosidade como o que nos cerca a

respeito da vida em outros planetas e nos joga no universo das probabilidades. No entanto, nem com todo universo de probabilidades eu deixava de dar prioridade a ela, na inevitável transparência dos meus sentimentos.

– O que tu tem Ranço, que tá com essa cara de quem comeu melado? – perguntou Catarina ainda com o sorriso engraçado no rosto.

– Nada – respondi, com cara de tudo.

– Quem nada é peixe, deixa de frescura e desembucha, Ranço.

– É uma mulher.

– Mulher? Sim senhor – falou Catarina, agora com um riso debochado conquistando o deboche dos outros.

Me arrependi de ter falado e, assim que percebi a reação de todos, tentei voltar atrás.

– Mentira, é mentira! – falei rápido em cima das risadas.

Minha mãe interferiu cessando a algazarra em que já se transformava aquele almoço. Olhou pra mim e perguntou direta e objetivamente:

– Quem é, filho, é a professora?

– Não! Não! – respondi mais alto, balançando a cabeça.

– Quem é então, filho?

Demorei alguns segundos pensando que não deveria ter falado coisa alguma e balancei a cabeça da mesma forma que balançava antes.

– Eu não sei o nome, só sei que ela estuda na escola e tem aparecido nos meus sonhos.

– Puberdade – pronunciou mamãe meio baixinho.

Eu não sabia o que era puberdade até acordar todo melecado no meio de uma noite fresca de outono. É bem verdade que a puberdade viria em breve, mas naquele momento não era puberdade, era algo menos instintivo e mais platônico. A menina dos brincos de rubi.

Baixei a cabeça e saboreei com gosto uma fatia de panqueca, o resto eu misturei como de costume e dividi em peças. Não precisei esperar que a comida esfriasse, a polêmica tinha tomado tempo suficiente pra isso. O gosto do feijão de Catarina era indescritível, um sabor que só a química empírica de alguém que se dedicou a presentear os outros com suas substâncias sápidas pode trazer.

Hoje não encontro mais Catarina, ela não está morta, está viva, apenas não a tenho visto. Sem que a gente perceba, há muitos que nascem e morrem para nossas vidas sem que nasçam ou morram de fato. Ficam apenas na lembrança, como um morto, até que tenhamos coragem de sair da nossa rotina e resgatá-los da morte. Naqueles dias eu ainda sentia seus gostos e suas inconveniências, seu alento e sua calma.

Papai estava mais animado, não participou da discussão, mas comeu as panquecas que Catarina havia lhe servido, e repetiu.

– E o senhor, também comeu melado?

– Passei no concurso pro SESI – respondeu, bem eufórico.

O concurso selecionava advogados para a assessoria jurídica do serviço social da indústria e pagava bem mais do que ele recebia em média. Todos ficamos entusiasmados com a notícia. Papai esboçou um sorriso que há muito não sorria e, para selar a comemoração, citou uma das muitas frases que guardava em seu baú de citações:

– Tu, abismo de luz; ao contemplar-te estremeço de desejos! Ergue-me a tua altitude; eis para mim a profundidade. Nietzsche! – já se levantando e pegando sua maleta de advogado.

Naquele dia ele não sentia mais dores, a animação daquela circunstância levou pra longe os efeitos da doença que já vinham diminuindo com a cobaltoterapia. A nossa casa vibrava bem, estávamos otimistas. Eu mal podia esperar pelo dia seguinte, quando cedo retomaria o caminho da escola. Papai tinha só mais uma etapa pra lhe garantir a vaga no novo emprego. Mamãe saiu à uma e meia como sempre, eu sentei na varanda ao som do violão tocado por meu irmão e depois atravessei a rua para a aula de pintura, onde poderia repetir a música da varanda no piano do atelier azul.

IX

Os corredores de todos os hospitais são vazios. Eles dão espaço para as macas que trazem pessoas doentes e andam de um lado para o outro assombrando os que tentam esquecer das razões de estarem ali. O ar carrega o cheiro dos remédios e dos produtos de limpeza que somados emprestam uma combinação característica a qualquer leito. Na psicodinâmica das cores, o azul traz paz e tranquilidade; na realidade de um hospital o azul traz a lembrança de que todo hospital é azul e que mais uma vez fica difícil abstrair-se dele e de tudo que ele representa.

Papai nunca havia estado naquele hospital, era pra ele totalmente desconhecido. A sala número oito ficava perto da ala da cardiologia, no quarto andar, mas papai demorou um pouco para encontrar o local que resumia o objetivo de sua visita. Naquele momento mamãe estava trabalhando em uma das duas escolas que lecionava e eu provavelmente andava na aula de pintura ou nos treinos de basquete.

Andando meio perdido pelos corredores, entre os novatos e os terminais, logo surgiu a grande escadaria que o levaria até o quarto andar. Daí, bastou seguir as inscrições nas placas e informações de enfermeiras que indicavam o local onde estava sendo realizado o exame de saúde para admissão dos cargos concursados pelo SESI. No fim do corredor havia uma sala de espera com duas pessoas e uma enfermeira que atendia como secretária. Enquanto ele sentava procurando aliviar o cansaço que tomava conta de seu corpo, a enfermeira chamava o próximo a ser atendido pelo Dr. Peliccioli.

– Sr. Carlos Eduardo, pode passar.

Papai esperou que o homem entrasse na sala, levantou e dirigiu-se até a mulher, lembrando que deveria entregar-lhe o papel com os dados referentes a seu apontamento.

– Parabéns pelo concurso – disse a enfermeira com um sorriso no rosto.

O exame era considerado mera formalidade, uma vez que a grande maioria dos concursados via como único obstáculo a dificuldade das provas teóricas, tais como Direito Civil e Processual Civil. Para papai, a dúvida sobre seu estado real de saúde era seu maior obstáculo. Os médicos que estavam tratando de sua doença não o haviam desenganado, mas seu estado involuntariamente piorava com o passar do tempo, apesar das nossas esperanças.

– Sr. Marcelo Costa, pode passar.

As sessões de cobaltoterapia deixavam marcações em seu corpo, as quais ele tentara, naquela manhã, maquiar de alguma forma. Algo como uma espécie de moldura colorida que servia de alvo para as aplicações de cobalto. Primeiro tentou passar um pouco de base, depois chegou a pensar em produzir hematomas nos locais atingidos pela tinta e pelo cobalto, por fim resolveu encarar nu o que estivesse por vir.

– O Sr. pode passar agora.

Papai sorriu e levantou-se escondendo o esforço que fazia para chegar até a sala do Dr. Peliccioli. Entrando em mais um ambulatório gélido com a maca ao canto e todos aqueles aparelhos esterilizados em prateleiras de vidro, sentou-se em frente ao Dr. enquanto a enfermeira fechava a porta que ficara entreaberta.

– Pode tirar a roupa – disse o Dr. com um tom de voz cotidiano, olhando para suas fichas de prontuário.

Tentando se posicionar de forma que não fosse possível enxergar as marcas da cobaltoterapia, papai fez o que pôde, mas tudo já estava visível demais. Às vezes confundimos esperança com ilusão, naquela tarde papai perdeu as esperanças.

– Que marcas são essas?

– Estranho, deve ser resíduo da pintura lá de casa – respondeu papai sem muita convicção e correspondendo a sua índole que não o deixava mentir.

– Não está parecendo nada casual – afirmou Peliccioli, já mais que insinuando a procedência das marcas.

Não era necessário que o médico fosse um expert para diagnosticar as fraquezas de papai, já estava completando um ano que a doença tinha sido descoberta e que vínhamos tentando acreditar no melhor. A consulta ao Dr. Peliccioli representava muito mais do que uma simples consulta, representava a sentença de uma futura incapacidade para o trabalho, a família e a vida. Não existe narrativa que descreva o sentimento de impotência nessa dimensão. Papai vestiu-se desolado, mas não totalmente entregue, e como últimas palavras para o Dr. ele disse:

– "Os exames, meu senhor, são, do começo ao fim, pura farsa." Oscar Wilde!

Ele, como sempre, não abandonava os grandes clássicos da literatura nem nas horas mais esquisitas. Sua forma de se abstrair e resgatar forças para continuar lutando estava nas frases que brotavam como lírios no campo de sua memória, a qual permanecia mais viva do que nunca.

Eis a maior contradição do destino. Um homem tem em seus pensamentos a possibilidade do todo e de tudo, pensamentos que parecem transcender sempre os limites do corpo. O corpo tem seus dias contados e, por mais que lute, acaba sempre morto em algum lugar distante dos pensamentos.

– Eu vou ficar bem – sussurrou, agora para si, enquanto vestia o seu paletó cinza.

Peliccioli continuou escrevendo em seu prontuário enquanto papai saía da sala e iniciava sua volta para casa. O hospital perturbava-lhe e rápido buscou o caminho da rua onde, por vezes, andava sem destino apenas com um livro debaixo do braço e um maço de cigarros no bolso.

Não muito distante de casa havia uma praça onde brincávamos correndo pelos gramados cercados por passeios de pedra. Naquele dia ele sentou-se em um dos bancos e ali ficou durante horas. Com o braço escorado no encosto e as pernas cruzadas, deixou que o tempo simplesmente passasse, entre os passarinhos e os monumentos à sua volta. Uma leoa de concreto deitada sobre uma pequena ilha. Uma cachoeira construída para abrigar as pré-históricas tartarugas. O olhar perdido do velho que regava o jardim.

O tempo passou e papai não encontrava forças para voltar para casa. Anoiteceu.

X

Domingo

A barca, a gente pegava no centro da cidade, próximo ao cais do porto, ninguém nos via a não ser nós a nós mesmos e talvez nem nós. Tantas vezes lembramos de formas diferentes das mesmas coisas. Por exemplo: se perguntarem a um de meus irmãos sobre a barca que nos levava até a ilha, provavelmente se ouvirá um depoimento diferente do meu, outras cores, outros aromas, outro peso pras coisas. O fato é que tenho muito vivo em minha memória a imagem daquele fim de semana na margem do rio, na ilha do União.

A água batia no casco com muita força, criando uma nuvem spray que umedecia nossas roupas e fazia com que os menos audaciosos retornassem para dentro do barco enquanto nos debruçávamos pra fora do convés, aproveitando a sensação que aquela umidade nos proporcionava ao ser apanhada pelos raios de sol. A ilha não ficava longe da costa do rio, talvez uns quinze minutos navegando por aquelas águas turvas. A lembrança me traz uma sensação quente, lembro de detalhes como a bata bege de uma tia que nos acompanhava naquela aventura, lembro também de um pé, não sei exatamente

62

de quem, mas lembro como se estivesse hoje diante de mim.

Chegamos pouco antes do meio-dia e procuramos com entusiasmo a churrasqueira que ficasse mais próxima da praia e que também tivesse bancos largos e em bom estado. Armandio não perdeu tempo em arremessar seu caniço ao rio na esperança de fisgar algum peixe. Ele pescava compulsivamente, onde tivesse água e possibilidade de vida, ele arremessava sua isca em anzóis de vários tamanhos. O rio já apresentava sinais de poluição, mas Armandio pescava assim mesmo. Para ser franco, aquilo não era poluição se compararmos ao seu estado atual. Minha avó, como sempre, passava resmungando das atitudes dele:

– Armandio! Pra que tu pesca, Armandio!? Vai se molhá todo aí no beira da rio!

Ele permanecia sereno, sem esboçar qualquer intenção. Os dois passavam a maior parte do tempo se implicando carinhosamente com pequenas provocações disfarçadas. Naquele dia o rio estava sereno como ele e ao sinal da primeira traíra vovó já mudava sua entonação, chamando a todos sem esquecer de confundir os artigos e as preposições:

– Venham ver o traíra da Armandio!

Papai foi o primeiro a correr em direção a Armandio, sua corrida parece ter ficado na minha lembrança como em câmera lenta. Cada passada jogava uma pequena nuvem de areia e seus músculos, já sem força, não balançavam junto com seu corpo. O caniço emitia o som da linha que, zunindo, passava pela última argola da vara envergada obedecendo os comandos da carretilha que recolhia o peixe fisgado. Helma, com olhos orgulhosos, espremia o peito num cruzar de braços apreensivo. Papai continuou sua corrida quando, de repente, a câmera lenta expôs o seu oposto e todos os movimentos vieram à tona como se estivessem mais rápidos. Foi este o exato momento em que papai se estalelou no chão bem no meio da corrida, justo ali na nossa frente. Todos levantaram e correram em direção à praia, não mais pela traíra de Armandio. O peixe recuperava a sua vida enquanto meu pai deixava esvair um pouco da dele, ali na areia daquela pequena praia.

– Meu Deus! – num grito forte vindo da voz aveludada de mamãe.

Armandio, após largar a traíra e o caniço, foi o primeiro a prestar socorro. Papai usou a mão direita pra pressionar as costas na região dos rins, enquanto com a esquerda ele segurava um punhado de areia daquele pedaço de praia na beira do rio. A dor demorou alguns minutos para ir embora, todos ficaram muito tensos, principalmente eu. Eu havia ficado muito doente dois anos antes daquele passeio, morei em um hospital algumas semanas e saí como esperava: vivo. Para mim, naquela época, não existia nada que não fosse vivo. Eu era uma criança, e as crianças, geralmente, não acreditam na morte.

Aos poucos tudo foi voltando ao normal e Armandio ainda acabou pescando algumas traíras. O churrasco estava gostoso apesar do clima que nos envolveu após presenciarmos aquela cena na qual todos eram espectadores de um quadro imutável. Helma parou de perturbar Armandio para ficar, ao lado de mamãe, monitorando cada movimento de papai. Eu e meus irmãos gostávamos de brincar nos bambuzais onde ouvíamos os barulhos do vento cruzando as folhas no topo dos bambus.

Recolhidas as tralhas, voltamos na barca ao final da tarde. No rio o sol poente tornava-se ainda mais instigante quando seus últimos raios se despediam das águas turvas refletindo no crepúsculo a atmosfera densa daquela região. Meu rosto não refletia mais no espelho d'água que passava rápido rente ao casco, não havia mais luz, só os restos distantes dos últimos raios púrpura.

No caminho, da janela do velho Aero Willys, observava as pessoas desconhecidas pelas ruas. Olhava para fora buscando descobrir em cada novo cenário quem seriam aquelas pessoas e que papéis elas representavam em suas vidas, quem eram seus pais e quais eram seus medos. Chegamos em casa conduzidos por minha mãe, papai não se sentia ainda de todo bem e ela era, de qualquer forma, uma boa motorista. Era domingo e, para evitar a música dos Trapalhões, fui para a banheira brincar de mergulhador com meu irmão mais novo. Como sempre, não havia feito a lição de casa e aquela música infernal que tocava na abertura e no encerramento do programa me lembrava disso a toda hora. O tubo de oxigênio era amarelo com uma válvula preta. Revezávamos o equipamento mergulhando o maior tempo possível, fingindo que nada ali era falso, nem o nosso oceano, nem o nosso tubo. Naquele dia, não sei exatamente por que, trancamos a porta.

– Pá, pá, pá!

– Abram a porta! – gritou papai.

O grito ecoou nos azulejos do banheiro exatamente no momento em que meu irmão mergulhava. Eu aproveitei e fingi que não ouvi nada.

– Abre logo! – insistiu papai com a voz mais firme.

Continuei quieto.

– Abram!

– Agora não! – respondi sem pensar muito.

– Eu preciso entrar!!

Ali no armário do banheiro ficavam as medicações que papai usava para aliviar as dores. Não sei o que passa na cabeça de uma criança numa hora dessas. A espontaneidade e a energia das fases de crescimento muitas vezes se tornam excessivamente inconvenientes, como naquele momento.

– Abre essa merda!! – esbravejou sem mais um resquício de paciência.

Assim que abrimos a porta não tivemos chance, ele pegou a primeira coisa que viu pela frente: uma espada de plástico amarela do kit Conan.

– Plaft! Plaft!

Duas batidas fortes bem no meio da coxa.

– Ah! – deixei escapar um berro meio mudo.

Corri para o quarto e atrás veio o meu irmão, que não escapou da mesma sentença:

– Plaft! Plaft!

Jurei de ódio aquele monstro, mamãe não interferiu, na verdade acho que só ela tinha a consciência do que representava aquele momento na vida dele. No escuro do meu quarto o cansaço daquele domingo cheio e a dor na coxa me induziam a um choro profundo e exagerado, buscava bem dentro da minha alma toda dor que encontrasse pra colocar junto naquele momento e odiá-lo mais. De raiva, não fiz as lições para o dia seguinte. Olhava no teto a sombra das esquadrias passando de um lado para o outro projetada pela luz dos faróis que passavam pela rua. Continuei chorando até ser pego aos poucos por outra luz que me perguntava: seria isto o que ele queria? Que eu o odiasse? Talvez essa construção de um pai impaciente fosse pra que não sentíssemos tanto sua falta, pra que administrássemos melhor nossas futuras carências, ou apenas por desespero e dor.

Fiquei olhando para o teto e fui sentindo aos poucos uma dormência gostosa, como se estivesse testemunhando um momento raro de transição para o mundo dos sonhos, algo que nunca se presencia com consciência. Inesperadamente, tudo mudou e, sem que soubesse como, me vi preso em uma dimensão totalmente nova. Eu estava preso dentro do meu próprio corpo sem que me fosse possível esboçar a menor feição ou gesto. Tentei levantar num tranco sem sucesso. Permaneci olhando para o teto, não querendo acreditar no que se passava. Esperei mais alguns segundos e resolvi investir novamente, agora tentando apenas levantar a mão esquerda. À minha volta enxergava tudo, os móveis, a projeção dos faróis dos carros e a minha mão que continuava inerte, apesar das tentativas de movê-la. Não resisti e entrei em pânico, lutando com todas as minhas forças para tentar sair daquela situação claustrofóbica. Quanto mais eu lutava mais preso eu me sentia naquele ambiente denso e desagradável. Desisti e me entreguei ao que estivesse me trancando, supondo que toda aquela angústia concentrada fosse de fato a morte.

Silêncio.

Aos poucos voltei a sentir domínio sobre minhas mãos, meus braços e todo o resto do corpo que havia pouco abandonara. Voltei a chorar desatinadamente por alguns minutos até que pela porta entrou papai preocupado com o que pudesse ter desencadeado tanta mágoa. Não hesitei em abraçá-lo antes mesmo que chegasse até o pé da cama, senti no seu abraço o carinho de pai que nos protege de todo mal que possa existir na vida e que nos conduz para o sono certo das noites de insônia. Mamãe veio em seguida e me abraçou, enquanto papai cobria meu irmão que, ao meu lado, não esboçava a menor menção de despertar. Eu não entendi o que aconteceu naquela noite, o que me prendeu dentro do meu próprio corpo numa sensação de incapacidade e impotência. A impressão que eu tinha era de que minha alma havia ficado presa entre meu corpo e o mundo dos sonhos. Como se me fosse claro que o sonho é um desprendimento da alma, e a alma, algo realmente factível.

Das explicações que busco até hoje para esclarecer o que ocorreu naquela noite, encontrei no livro dos mortos do Tibet a descrição mais coerente, apesar de nunca ter duvidado da resposta sem palavras do abraço de papai.

XI

A Tela e o Cepo

Comecei os primeiros traços pensando em ilustrar uma paisagem qualquer, algo assim bucólico como o papel de parede que, do atelier, eu enxergava colado nas paredes da sala. Volta e meia, o mais novo dos quatro filhos da professora cruzava a casa como um camundongo que se faz passar por lagartixa. É, aquele ratinho rápido que, de tão rápido, deforma sua imagem e nos confunde. O menino tinha quase a minha idade e, por ser assim tão tímido, nunca cheguei a conhecê-lo direito. A professora estava na cozinha preparando mais alguns cachorrinhos-quentes, quando minha paisagem começou a tomar formas humanas. As técnicas que se tem de dominar para ilustrar uma paisagem são relativamente simples se compararmos às que nos são exigidas na realização de qualquer forma humana; no entanto, não me importava, exatamente, a qualidade do resultado. O que me conduzia na aventura de criar novas técnicas e desrespeitar o cronograma didático das aulas de pintura era o pensamento que morava, mais do que nunca, no olhar da menina dos brincos de rubi. Fui pincelando sem muita autocrítica, jogando na tela todo o meu sentimento de amor, admiração, desejo e veneração por alguém que escapava de mim sempre que chegava perto. Escapar sempre que se chega perto, a propósito, é exatamente o que mais alimenta qualquer tipo de desejo. O imaginário é sempre superior a toda e qualquer realidade. Quando imaginamos algo, colocamos exatamente o que nos é mais apropriado para cada caso. Construímos minuciosamente cada detalhe do que desejamos imaginar e, assim, obtemos o que realmente nos é insubstituível. Ao contrário do imaginário, as pinceladas vinham caindo no mundo do realizável com todos os defeitos que só o universo estático do realizado consegue agregar.

– Não era bem o que eu estava pensando – falei baixinho ao olhar o resultado das pinceladas impressas na tela, sem dar muita importância.

De fato, o que me importava era a sensação de alívio que sentia ao expressar de alguma forma o meu sentimento por ela. A professora retornou da cozinha e, apesar de muito compreensiva e cautelosa, corrigiu:

– Acho que tudo pode ser arte, mas convenhamos: o senhor está botando a carreta na frente dos bois.

Do retrato ficaram apenas os primeiros traços malpintados que serviram para minha abstração e meu consolo. Já fazia algum tempo que estava procurando pela menina dos brincos de rubi, sem sucesso. Luíza, a garota que sentava atrás de mim na sala de aula e que era a ponte para chegar até ela, não estava frequentando as aulas por motivo de doença e procurá-la seria demasiado inconveniente.

O tempo passava levemente mais rápido se comparado ao que representava o mesmo número de batidas por minuto no ano anterior. Como se contássemos uma mesma história várias vezes para a mesma pessoa. Ou, ainda, como se fôssemos num caminho desconhecido, por uma rua nunca percorrida, na qual procuramos o número pregado no portão e, depois que o achamos, voltamos frequentemente, até que o caminho se torne automático e quase imperceptível a nossa noção de tempo. Apesar desse sutil progresso, que mais tarde foi aos poucos se transformando em retrocesso, ainda era para mim tudo lento. Perguntei a meus principais colegas da escola alguma dica que pudesse me levar para perto dela, sem conseguir uma pista sequer. Mais do que nunca estava inconformado com tamanho desencontro. Cheguei a questionar novamente a veracidade de sua existência, procurando o colega das pastelinas para um último desabafo do que eu julgava inaceitável.

A professora, apesar das críticas, me pediu que fosse até o fim do que começara. Eu já me sentia satisfeito. A frustração de não alcançar os caminhos para transformar minha lembrança em pintura era coerente com meu desgosto de tê-la perdido novamente. A professora insistiu, e eu achei melhor desviar o assunto, elogiando o sabor dos cachorrinhos que ela sempre servia.

— Está uma delícia!

Ela permaneceu quieta por alguns instantes até quebrar seu silêncio com uma pergunta inesperada.

— Estranho não escutar tuas melodias, o que está havendo que ainda não tocaste no piano?

– A Sra. não se importa? – perguntei, surpreso, enquanto ela voltava para a cozinha levando a bandeja vazia.

– Pelo contrário – respondeu da cozinha com tom incentivador, autorizando a sentar-me ao piano.

Fiquei bem mais à vontade em frente àquele instrumento que me fascinava tanto. Distorci nove voltas da banqueta para que a altura do teclado me ficasse confortável. Decorei o número de voltas considerando que, quando estivesse ali clandestinamente, e às vezes apenas me sentava sem tocar uma só nota, pudesse voltar a torcer a banqueta sem deixar pistas. Naquele momento eu não precisava me preocupar. A professora estava lá na cozinha, onde sempre demorava com seus afazeres, e desta vez não me sentia fugindo. Sentei, apoiando-me na borda do teclado, e comecei a digitar uma melodia em dó maior, tonalidade que não utiliza as teclas pretas. Eu não costumava montar acordes, apenas passeava pelo teclado criando caminhos melódicos que de alguma forma coincidissem com o meu estado de espírito, ou me induzissem a outra viagem, às vezes antagônica ao que me pareceria coerente. Às vezes eu conduzia a música, às vezes a música me conduzia. Andávamos juntos num namoro ingênuo até sermos interrompidos por alguma coisa, um ruído, uma pessoa ou um outro pensamento.

– Você devia procurar alguém para lhe dar lições de piano – falou a professora, apanhando-me de surpresa.

Fiquei tímido e falei meio solfejando:

– Eu gosto do seu piano, mas eu também gosto dos

nossos quadros, e aqui a senhora me deixa fazer as duas coisas.

A professora deu de ombros e sorriu, deixando no ar sua simpatia pela forma com que governávamos aquelas lições embaralhadas de pintura, entre os cachorros-quentes e as fugas ao piano. O menino, seu filho, agora estava sentado no meio da sala assistindo a mais um bloco do seriado "Ultraman", era o último durante a aula que já chegava ao fim. Esperei que a professora anunciasse o término do tempo que me cabia ali, martelando umas últimas notas e abrindo a tampa para espiar o cepo de aço dourado que cruzava todo o móvel e vibrava a cada toque, espalhando harmônicos sustentados pelo pedal.

Despedi-me da professora e joguei um tchau tímido na direção do garoto que permanecia sentado em frente ao televisor. O som dos raios disparados pelo herói sonorizaram minha saída até atravessar a rua e voltar para casa. Lá, após escalar os cinquenta e quatro degraus dos seis lances de escada, me joguei no sofá da sala enquanto Catarina preparava um pouco de café. A tarde já estava fraca e a noite começava a se mostrar nas sombras dos lugares mais baixos. Eu estava entusiasmado com o andamento que tomara minha recente visita à professora de pintura, no entanto sentia-me levemente cansado, provavelmente pelo horário. O crepúsculo sempre traz uma sensação de cansaço, dizem que todos temos uma pequena febre neste horário de metamorfose da atmosfera, onde nossos corpos morrem um pouco com o grande sol que se vai.

Deixei que esse cansaço fosse me levando aos poucos num sono leve. A luz ainda batia no meu rosto de forma suave quando adormeci ali mesmo, no sofá da sala. Comecei, aos poucos, a perceber uma sensação estranha. Senti que meu corpo todo estava mergulhando num fluido transparente, a sensação era quente, seguida de arrepios por cada centímetro da minha pele. À medida que a minha temperatura se equalizava com a do gel que me envolvia, eu ia absorvendo a paz daquele ambiente translúcido e inexpugnável. O tempo não passava. A luz tinha uma intensidade que oscilava apenas pelo embalo do fluido, tal como o reflexo das águas que, apanhadas pelo sol, devolvem a luz para nossos rostos hipnotizados. Não me sentia vivo nem morto. Apenas saía do fluxo da existência, descansando numa dimensão atemporal. Tenho a impressão de que nada mais seria preciso além daquela sensação, ela bastava. Libertava-me das dúvidas que eram o cerne de minhas carências.

Sem que encontrasse qualquer explicação, despertei no meio daquela sala escura. O sol há muito havia levado seus raios e a casa não possuía uma peça sequer com luz acesa, a não ser a do pequeno quarto de Catarina que mal irradiava luminosidade para seus quatro metros quadrados. A escuridão me levava num profundo desnorteamento. Sempre tenho esta sensação quando me permito adormecer no crepúsculo. Perco a noção das horas. Tento me conformar, desanimado, e volto a me irritar, mergulhando no maior dos maus humores que se possa imaginar.

A melodia que havia composto ao piano na aula de pintura voltava inusitadamente aos meus ouvidos em tons menores e muitas vezes diminutos, violentada por intromissões alheias a minha vontade. Fui aos poucos ligando todas as luzes da casa. A televisão foi minha última saída para tentar fugir daquela atmosfera tétrica. Torci a chave transparente que ligava e selecionava os canais, sentei novamente no sofá e fiquei esperando que a imagem surgisse aos poucos. Logo ouvi o barulho das chaves que se posicionavam para abrir a porta. Saí do sofá e fui esperar em frente ao hall por quem quer que fosse. Assim que a porta se abriu, não ouvi mais a melodia dissonante que me incomodava. Papai entrou largando as coisas pela sala e me abraçando ao mesmo tempo. Retomei o fôlego e me distraí com as novidades que ele trazia. Catarina saiu do quarto e começou a preparar o jantar, fazendo com que, além dos sons, os cheiros também ajudassem a restabelecer a sintonia dos meus sentidos. Fui aos poucos lembrando do ótimo dia que, pelo cochilo, se transformara numa espécie de ontem, dos traços gravados na tela junto à melodia que, então, voltava sem os intervalos menores do susto daquele crepúsculo.

XII

"Os Sacrílegos Iconoclastas"

"As jovens viúvas marcadas
E as gestantes abandonadas
Não fazem cenas
Vestem-se de negro, se encolhem

Se conformam e se recolhem
Se conformam e se recolhem
Se conformam e se recolhem"...

A vitrola repetia sempre a mesma estrofe daquele disco arranhado. Ninguém levantava para cutucar o aparelho atrofiado. Papai estava sentado na cadeira que ficava perto do armário marrom, sem dizer uma palavra. O tempo para ele se tornara implacável. Aos quarenta, cada ano representava apenas um quadragésimo de toda sua existência, o que o colocava mais perto de cada instante futuro e mais longe de cada momento presente. Vivíamos um conflito antagônico. Eu queria que o tempo passasse rápido para que logo me tornasse um adulto. Ele queria que o tempo parasse ali, naquele segundo, garantindo-lhe algum tempo, o que fosse necessário para encontrar uma saída. A reprovação no exame de saúde que garantiria sua vaga na administração jurídica do SESI fora inevitável. O significado era mais pleno do que eu tinha capacidade de captar. Um exame que não só acabou com seus sonhos de evoluir em sua profissão, como o fez despencar para a dura realidade da morte, não a morte fictícia que temos em nossas cabeças desinteressadas e medrosas. Falo da morte que nos leva, que nos cega e que nos apodrece. Vejo os olhos perdidos e agora, só agora, percebo tanta melancolia e incredibilidade.

Levantei e fui até o toca-discos interromper o verso que se repetia incansável em frases que, ironicamente, faziam parte da nossa realidade. Gostaria de pintar com palavras o que representava para ele cada momento conosco. O sol entrando pela sacada, destacado em feixes dos raios sobre o pó flutuante, ia aos poucos avançando por seus pés. Ele continuava quieto, sem dizer uma palavra, nem sua, nem de ninguém. Um desânimo profundo, um momento de fraqueza que, no entanto, não ilustrava nem de perto a real profundidade de seu desgosto. Eles não nos falavam muito sobre o que se passava. No fundo sabíamos, talvez mais que todos, exatamente o que se passava.

O que importava de fato? Qual era o substantivo daquela frase indecifrável? Onde estavam as forças as quais deveriam nos alimentar?

Da cozinha veio Catarina, dirigindo-se a papai:

– O senhor vai querer o cafezinho? – perguntou como se tudo estivesse perfeitamente bem.

– Sim, obrigado – respondeu como se tudo estivesse perfeitamente bem.

A quimioterapia levava aos poucos sua força, seu cabelo e sua autoestima. Mamãe continuava inabalável em sua postura soberana, e antes que passasse muito da uma e meia da tarde, ouviu-se do quarto uma citação empostada por sua voz de veludo:

– "Impalpável alimento que me vem de todas as coisas a cada instante do dia", Walt Whitman. Levanta desta cadeira que a gente tem que trabalhar – sem dar muito tempo para papai.

– Acho que não vou – falou com a voz fraca e com a cabeça baixa.

– Pois eu acho que o Sr. vai sim – já pegando-o pelo braço.

Papai continuava atendendo normalmente em seu escritório em Novo Hamburgo. Mamãe achava fundamental que ele tentasse ao máximo permanecer com suas atividades normais, apesar do sofrimento que já se manifestava em qualquer pequena caminhada.

Saímos do quarto, enquanto mamãe ajudava papai a se levantar da cadeira perto do armário marrom. Fui para a cozinha com meu irmão mais novo incomodar um pouco Catarina. Sempre que ela percebia nossa aproximação, pegava o pano de prato e saía com gestos de ameaça. Nada nos divertia mais.

– Sai! Ranço!

Nada fizemos além de incomodá-la naquela tarde ensolarada. Guardei as feições de papai sentado na cadeira, enquanto o sol avançava sobre seu corpo pálido e fraco. Na verdade, guardei escondido em algum lugar do qual só veio a aflorar agora há pouco. Naquele dia, apenas continuei vivendo minha rotina de todas as tardes. Incomodar essa nossa segunda mãe implicava também em espalhar pela casa tudo que fosse possível, usando como desculpa qualquer brincadeira. A mais comum era a que montávamos um carro em plena sala. Cobertores e almofadas eram a base de nossa pequena fábrica autoimobilística, que se estendia em pequenas motocicletas imaginárias soltas pela casa. Eu achava no fundo tudo muito sério, organizava as excursões em cada veículo e viajava em todos os aspectos. Ela fazia o teatro que por nós era esperado, reclamando da bagunça e, muitas vezes, voltando a correr pela casa com o pano de prato na mão em gestos de ameaça.

Não era dia nem de basquete nem de aula de pintura. A tarde passou despercebida na rotina de nossas fantasias e antes do previsto papai retornou do trabalho, abrindo a porta e jogando sua pasta de advogado pelo sofá da sala.

– O Sr. não repare que eu já vou arrumar a casa – adiantou-se Catarina, preocupada e surpresa com o horário da chegada de papai.

– Não se preocupe. A bagunça não me incomoda – retornando à cadeira na qual sentara poucas horas antes.

Na mão, carregava um livro de Whitman, o poeta que mamãe havia citado naquela tarde e que exaltava a paixão pela vida longe dos caminhos poeirentos da estrada de Damasco. Papai era ateu, existencialista, materialista, marxista e tantos "istas" mais. Quando novo, em sua cidade natal, fazia, ao lado de seus fiéis companheiros, atos de vandalismo protestando contra a repressiva sociedade cristã. Depois guardavam os recortes de jornal, relatando cada incursão. Costumavam visitar o cemitério à noite, trocando as cruzes e muitas vezes destruindo imagens de ícones da religião católica apostólica romana, sendo por isto conhecidos pela mídia local como: os Sacrílegos Iconoclastas. Papai não se gabava muito de tais gestos. Na verdade descobri os recortes muitos anos mais tarde dentro de um livro, junto com anotações e comentários. O interessante é que, mesmo na iminência da morte, permanecia absolutamente ateu, contrariando frases proustianas de que a complexidade das circunstâncias transforma as virtudes humanas. Ele continuava assim, como sempre fora, acreditando na vida e na alegria orgíaca dos amáveis deuses pagãos.

XIII

Rubi

— Patrícia.

– Não, Patrícia é a menina que está ao lado dela.

– Eu estou te dizendo que é Patrícia.

– Tem certeza?

– Absoluta.

– Quem te disse?

– Ela é prima do Saul.

– Do Saul!?

– Qual o problema?

– Nenhum.

Aquele garoto comia tanta pastelina que confesso ter duvidado de seu discernimento crítico. Então seu nome era Patrícia, que nome lindo. É verdade que um tanto comum, mas não por ser comum que deixava de ser lindo e nobre. Na Roma Antiga designava os "filhos de pai", isto é, "pai rico e ilustre". Do latim Patricius, "Patrício, conterrâneo, de pátria". Sendo honesto e bem claro, acho que não importava seu nome, meu medo anterior era totalmente infundado. Um nome, apesar de sua carga histórica, não diminuiria em nada a beleza inatingível daquela Patrícia. Sua pele suave, seu cabelo amarrado, seu jeito inconfundível. Tudo no fundo me intimidava. O que falaria eu para ela? Eu, um joão-ninguém com pouco menos de uma dúzia de anos no bolso, absolutamente dependente de tudo e de todos. Incapaz de tomar decisões por mim mesmo. Olhei para o colega da pastelina, morrendo de medo de suas eventuais palavras de incentivo.

— Você não vai lá falar com ela? — emitindo exatamente as palavras que eu temia.

— Claro que vou.

— Acho que você está com medo — insistiu o garoto, com a boca sempre cheia de pastelinas, deixando cair farelos sobre sua barriga gorda.

— Medo?! — interroguei, exclamando e insinuando que obviamente não possuía aquele sentimento ridículo do qual eu, na verdade, estava tomado.

— Acho melhor você aproveitar. As meninas acabam de sair do lado dela e pelo que dá pra ver ela está sozinha — argumentou apontando para a menina que, de fato, estava desacompanhada.

Resolvi não pensar muito. Eu sabia que, se parasse pra pensar e começasse a questionar as formas e os resultados daquela intenção, acabaria ali mesmo onde estava. Deixei o garoto e comecei a caminhar na direção dela. Cada vez que olhava para frente, eu retomava a consciência e iniciava um processo de questionamento que me desencorajava. Não, eu estava decidido a simplesmente caminhar até ela e falar-lhe algumas palavras. Sim, mas que palavras? Não, justamente o questionamento em torno destas questões é que ameaçavam a conclusão daquela investida. Continuei de cabeça baixa até aproximadamente uns dez metros de onde ela estava. Dei uma leve olhadinha para trás e pude enxergar não só o ananás da pastelina como todos os amigos que possuía me observando com olhos de abutre. Que raiva! Naquele momento, transferia toda minha insegurança aos olhos que me secavam. Olhei novamente para frente e parei. Inesperadamente, no instante em que torci o corpo para encarar os abutres, surgiu alguém que veio fazer companhia à menina. Meus batimentos cardíacos, que já estavam bem acima da média, saltaram-me à boca. Levei alguns segundos para identificar a intrusa e perceber que era Luíza, a garota que sentava atrás de mim. Não era uma grande amiga, mas me conhecia e me considerava. Não restava mais a mínima possibilidade do vacilo, o destino acabava de me autorizar aquela jornada interminável. Com relação ao tempo, tive ali sua maior dilatação. Nas entranhas da sedução, pouco havia me aventurado. Aquela representava, talvez, minha primeira incursão. O tempo dilata-se sempre que vivemos uma nova experiência. Neste caso, além do novo, vivia meu primeiro desafio na luta por uma paixão. Com a chegada de Luíza, acelerou-se um pouco aquela sensação angustiante que no fundo me excitava. Eram apenas dois metros e Luíza ainda não havia percebido a minha presença. Patrícia sim.

– Luíza – falei, me fingindo de calmo.

Enquanto Luíza virava o rosto, podia enxergar no canto de minha visão panorâmica o olhar da menina dos brincos de rubi, que, não sei se por receio ou interesse, permanecia na minha direção.

– Oi! Tudo bom? – respondeu Luíza, receptiva.

– Tudo. O que aconteceu que você andou faltando às aulas? Disseram que você estava doente.

– Andei pegando uma gripe meio forte que me deixou de cama. Deixa eu te apresentar a minha amiga, Patrícia – falou Luíza virando o corpo que cobria parte da imagem de Patrícia.

Pude, então, finalmente encará-la. Primeiro, fitei brevemente seus lábios e antes de qualquer constrangimento ou incompatibilidade lancei todo meu carinho no olhar mais suave. Achei que o meu seria inabalável sem imaginar que ao transcender seus olhos encontraria tamanha força. Senti-me inesperadamente fraco, impotente. Ela me olhava com olhos de verdadeira despreocupação, classe, elegância, perfume. Mais uma vez a insegurança começava a se transformar em dor de barriga, como no dia do jogo que venci. Lembrei então que venci e retomei um pouco a autoestima que estava se afastando.

– Então você é prima do Saul?

– Você o conhece?

Tive que exagerar um pouco na descrição que fiz do meu relacionamento com Saul. Para ser franco, não o conhecia direito, mas obviamente não poderia perder a oportunidade de desenvolver a conversa.

– Se eu o conheço?...

Consegui com esse pequeno exagero prolongar a conversa por mais algum tempo. Luíza percebeu meu interesse e foi para a lancheria, deixando-me sozinho com a menina dos brincos de rubi. O sinal tocou previsivelmente no exato momento em que começava a sentir-me à vontade.

— Então a gente se fala — falei meio embaraçado quando vi que era iminente a despedida.

Patrícia nada disse, apenas se aproximou e se despediu com um beijo de rainha em meu rosto enrubescido. Fiquei ali parado até a professora do SOE me tirar de lá. Os meninos urubus já estavam na aula quando retornei de minha paralisia. Entrei na sala e desferi um olhar de rei sobre os colegas que me olhavam. Eu estava no topo de todas as alturas, além da última camada atmosférica, mais precisamente no vácuo do espaço sideral, entre as constelações mais distantes. Lá, onde não há cheiro algum, eu sentia o seu perfume. Todos os meus instintos naturais eram pra ela, e todos os meus segundos atuais eram para tê-la. Viveria mais do que nunca deslocado do presente até que voltasse a vê-la. Na saída, procurei ao máximo seus cabelos longos que não se mostraram. Fiquei fazendo hora na porta com alguns colegas vagabundos até que, por fim, desisti. Caminhei lento, arrastando a alça da minha mochila pelas calçadas que passava. Não apanhei sequer uma flor em frente à casa da esquina para que não se misturassem os aromas. Podia sentir o cheiro do perfume e enxergar cada detalhe do encontro daquela manhã. Uma grande reação química tomava conta de mim enquanto voltava para casa, como se estivesse sob o efeito de alguma droga e meus sentidos estivessem à flor da pele numa sensação de bem-estar e leveza indescritível. Cheguei na frente do prédio e subi os lances de escada observando tudo. O som reverberado dos meus passos e a temperatura amena dos corredores altos me incentivavam a continuar naquele ritmo lento e despreocupado. Em frente à porta do apartamento parei e simplesmente bati na campainha sem pensar em driblar Catarina. Inesperadamente não ouvi a voz que ecoaria da cozinha. Percebi que Catarina não havia reconhecido meus toques e que desta vez a porta se abriria antes da segunda investida. Ouvi então os passos que saíam da cozinha vindo em direção ao hall e num gesto rápido curvei o corpo para que ela não identificasse minha estatura pelo vidro da janelinha. A porta se abriu.

– É tu, Ranço?!! – falou surpresa ao me ver no corredor.

– Não, é o Pequeno Príncipe! – respondi, em tom de brincadeira, enquanto jogava a mochila pela sala acreditando que, na verdade, falava sério.

XIV

LÁ, LÁ, LÁ, LÁ, LÁ (3x)

Sábado, vinte e oito de julho. Acordei, mas não saí de baixo das cobertas. Catarina permanecia na cozinha, sem que trouxesse a vitamina de todas as manhãs. A propósito, o que Catarina estava fazendo lá, se aquele era um sábado? Forcei a memória para decifrar o que poderia estar acontecendo quando de repente me veio. Aniversário.

— Acordem que tem alguém de aniversário — ouvi entre os barulhos do manuseio da louça.

Pulei da cama num salto e fui correndo para a cozinha. Em dia de festa a cozinha ficava cheia de doces e salgados. Comê-los pela manhã era mais saboroso e mais excitante, obviamente porque era proibido.

— Tira a mão daí, Ranço!

Corri então de volta para a cama com as mãos cheias de doces, enquanto meus irmãos faziam a mesma coisa, despistando Catarina. Estávamos novamente naquela época do ano na qual são necessárias muitas cobertas e muitos blusões. A cidade era inenarravelmente fria e seus prédios e ruas não possuíam qualquer tipo de infraestrutura que amenizasse aquele infortúnio climático. Para ser franco, as temperaturas registradas nos termômetros da cidade não chegavam nunca à marca negativa, o que não diminuía a sensação térmica de estar igualmente em uma espécie de freezer. Acho que o pior era a umidade, ela se encarregava de levar o frio aos lugares mais longínquos, como as profundezas da minha cama. Normalmente eu usava a seguinte técnica; vestia o blusão de lã ainda embaixo das cobertas. Depois as meias e assim por diante até estar totalmente vestido; só aí eu saía.

Passamos o dia envolvidos com os preparativos para a festa. O irmão aniversariante era, em relação a mim, quatro anos mais velho, o que na ocasião representava uma diferença abismal. Posso começar a ilustração dessas diferenças falando da própria festa. A minha, se fosse naquela data, seria provavelmente às cinco horas da tarde e iria até lá pelas nove. A dele começaria às nove. A minha seria repleta de garotos ranhentos e meninas sem peito. A dele receberia garotos que já escolhem suas próprias roupas e meninas que desfilam seus corpos imaculados, já com formas de mulher. Para mim, de certa forma, era ótimo poder participar das festas dele e de todos os mais velhos de nossa rua. Digo: de certa forma, porque, apesar de participar, me sentia renegado por eles. Não há como evitar, os mais velhos têm nos irmãos mais novos a própria personificação da inconveniência.

– Se você vai, tem que levar o seu irmão!

Frases como esta eram e provavelmente devem ser, até hoje, o pavor dos irmãos mais velhos. Mais tarde, e quase simultaneamente, eu passei pela mesma situação, quando tive de carregar o meu irmão mais novo a todos os lugares que ia. Naquele sábado bastava que ficássemos ali, exatamente onde ficávamos todos os dias, para que tudo viesse até nós: os bacanas que se vestiam sozinhos e as meninas-mulheres. Nas festas dos mais velhos o que mais me atraía era o momento em que, com luzes estrategicamente improvisadas, acontecia a "reunião dançante". Barry White, Jackson Five, Peter Frampton, Bee Gees e tantos outros como aquela mulher que eu não me lembro o nome mas que cantava aquela música:

"Loving you
Is easy
Cause you're beautiful..."
Lá, lá, lá, lá, lá. (3x)

A meia-luz era própria para o principal momento da festa e da reunião dançante: as músicas lentas. Tirar a menina era foda! Elas ficavam todas sentadas com as costas apoiadas na parede, enquanto nós, fingindo que conversávamos assuntos sérios, buscávamos, sim, coragem pra pedir uma dança e ouvir um sim ou um não. Eu, por ser o mais novo, sofria ainda mais, ficava morrendo de medo de escutar algo como:

– Agora não. Estou um pouco cansada.

Ou então algo mais violento como:

– Vê se te enxerga, nanico!

A festa começou às nove, como eu previa. Inicialmente comi o maior número de canapés que meu estômago pudesse suportar, depois me posicionei na porta do quarto onde aconteceria a reunião dançante. Era o maior quarto da casa. Dali eu ficava observando detalhe por detalhe de tudo que se passava; a gordinha tentando esconder seus quilinhos extras dentro de um minivestido branco com lantejoulas prateadas, o vizinho "nerd" de cabelinho lambido e as meninas mais velhas. O som inicial da agulha tocando o vinil inaugurava cada novo desafio. Esperei que o meu irmão tirasse alguém primeiro e depois iniciei minhas tentativas começando pelas mais velhas e terminando na gordinha de lantejoulas prateadas.

– Você quer dançar?

– Sim – respondeu sem vacilar, com um olhar mais que simpático no rosto.

Não me lembro exatamente qual era a música, mas era lenta. Logo senti o seu perfume e entrelacei as mãos em sua cintura enquanto ela entrelaçava as suas em meu pescoço. Assim comecei a me deixar levar por aquele momento mágico dos primeiros contatos físicos. Fechei os olhos para que as sensações encontrassem mais força e significado. Progressivamente, fui me deixando levar também por uma imagem que surgia na fantasia daquela escuridão. Apertei um pouco mais sua cintura, provocando reação igual em meu pescoço. Pude então sentir seu perfume mais forte. Acariciei com meus lábios sua nuca, que se contraiu num arrepio profundo, percorrendo-lhe todo o corpo. Empiricamente nos aproximamos até nossos corpos encontrarem os encaixes das curvas numa pressão morna. Comecei a me sentir tomado por forças que transformavam aquela ingênua dança num ritual lúbrico. Estava escuro e eu permanecia de olhos fechados quando a música cessou. Levantei suavemente as pálpebras nas quais eu projetava imagens definidas de um outro semblante e me deparei cara a cara com a gordinha do vestido de lantejoulas. Olhei pra ela e não esbocei qualquer feição de arrependimento, dei-lhe um sorriso também simpático e resignei-me. Senti algo estranho, confuso. Não a tirei mais para dançar. Fiquei quieto, guardando para mim a confusão que fantasiara nela a menina dos brincos de rubi e que reforçava meu estado de paixão quase doente, platônica, utópica. Sem esperar que todos se fossem, refugiei-me em meu quarto, onde sempre dormia acompanhado por meu irmão mais novo.

Deitado, observava a sombra das esquadrias passando de um lado para o outro, projetada pelos faróis dos carros que passavam pela rua todas as noites. Ali fiquei pensando nos acontecimentos ao som das vozes que ainda restavam da festa. Não a vi indo embora, apenas acenei para todos que permaneciam no quarto antes de recolher-me. O sentimento de cobiça incontrolável me deixava agitado. Um desejo infiel a minha vontade, fiel a instintos desconhecidos desagregadores dos preceitos que acreditava até então. Não conseguia deixar de me questionar sobre a origem de tais instintos. Fiquei absolutamente inquieto e excitado até encontrar, no balanço das sombras, a paz que me conduziria na viagem inconsciente dos sonhos daquela noite.

Conheci naquele dia as primeiras contradições entre o corpo e a mente, carências distintas preenchidas por eventos espontâneos e também distintos, que nos surgem naturalmente e que se vão, exclusivamente, por nossa vontade.

XV

A mão está repousada sobre a borda da cama. O silêncio começa a ser quebrado pelo canto harmonioso dos pássaros que brincam nas árvores da rua deserta, numa manhã já distante da que seguiu à noite do aniversário do meu irmão mais velho. O corpo imóvel retorna do sono mais cedo, e num esforço ingênuo tira a mão da borda para apoiar-se no colchão com o intuito de encontrar uma posição menos desconfortável. Inesperadamente, e por consequência deste movimento, inicia-se uma sensação de mal-estar que vem da base da coluna até a altura das omoplatas. Todo o corpo treme numa contração involuntária e indesejada. Quebra-se totalmente o silêncio.

– Meu Deus! – gritou mamãe, desesperada, do quarto de casal.

Catarina correu o apartamento em um segundo, tropeçando em alguns brinquedos jogados pelo chão. Acordei desnorteado entre os gritos que ecoados nos corredores transcendiam as paredes virtuais do meu sonho. Demorei alguns minutos pra entender o que se passava enquanto mamãe e Catarina seguravam papai que se debatia incontrolável numa convulsão angustiante.

– Segure a língua dele! – implorou mamãe enquanto tentava imobilizar seus braços.

– Não consigo! – respondeu Catarina, tentando encontrar a língua numa boca de dentes cerrados.

Quanto mais elas tentavam segurá-lo, mais ele parecia se debater.

– Segura! – em gritos desafinados, as duas brigavam numa luta cansativa e agonizante.

Quando chegamos em frente à porta do quarto, encontramos mamãe passando a mão nos cabelos ralos e suados que cobriam a testa de papai naquele momento de convalescença. Catarina veio em nossa direção pedindo que voltássemos aos nossos quartos, tentando com o corpo cobrir ao máximo o cenário do acontecido.

– Voltem pra cama que está tudo bem. Foi só um susto.

Voltei absolutamente apavorado e confuso. Não tinha certeza de nada, nem mesmo da veracidade do que acabara de acontecer. Um misto de ignorância, medo e malevolência, numa sensação alucinógena de um período intermediário entre o sono e a lucidez. Fiquei cada instante seguinte ali, ao lado de meu irmão mais novo, tentando escutar qualquer som que esclarecesse um pouco melhor o que se passava naquela manhã. Catarina voltou para perto de mamãe, que não havia, nem por um segundo, se afastado do quarto. Aos poucos tudo foi retomando seu ritmo normal, assim como se naturalmente não precisássemos nos ater a alguma explicação lógica. O canto dos pássaros retomou sua nitidez e logo Catarina estava retornando com os copos de vitamina na mão. Enquanto vestia minha calça de tergal azul, espiava o quarto de casal na esperança de enxergar papai, ou escutar algo mais sobre o episódio.

— Eu já disse que não foi nada, Ranço — reafirmou Catarina com o copo vazio, enquanto eu fechava os últimos botões da camisa, espiando por sobre o ombro.

— Eu não estou dizendo nada — falei quase simultaneamente.

— O seu pai apenas se sentiu mal e nós tivemos que lhe fazer uma massagem. Agora ele já está bem.

Do corredor ainda podia se ver mamãe acariciando os cabelos ralos de papai no mesmo instante em que, com uma toalha branca, ele secava seu próprio suor e bebia calmamente um copo de água. Progressivamente, tudo parecia voltar ao normal naquela manhã esquisita de tantos sustos e gritos. Eu fui o último a sair para a escola, relutei o máximo que pude quando percebi que tanto papai quanto mamãe permaneceriam em casa.

— Eu não quero ir para a escola — falei olhando direto para mamãe.

— Venha até aqui — solicitou mamãe, acariciando os cabelos de papai.

Quando ouvi seu chamado caminhei em sua direção, otimista, torcendo para que ela me deixasse ficar.

— O seu pai está doente e eu preciso ficar com ele, assim como eu preciso que você me faça o favor de ir para a escola.

— Mas eu não quero — tentei pela última vez, num

olhar cabisbaixo, mordendo o lábio inferior e armando a minha melhor cara de persuasão.

– Então, não tem não quero – decidiu mamãe com a voz firme, sem deixar dúvidas, enquanto papai me olhava complacente.

Saí meio zonzo pelo corredor até a porta da saída, acompanhado por Catarina. A porta bateu imponente pela reverberação ouvida nos corredores largos e de ambiência clara. O pé direito pareceu-me mais alto do que realmente era, as escadarias somavam seis lances de nove degraus e o portão pesava muito mais do que eu poderia suportar. Concentrei-me nos detalhes sem importância que, de fato, só teriam relevância muitos anos depois, quando precisasse reconstruir aquelas cenas. Continuei meu caminho olhando curioso pra dentro de cada casa que passava, tentando enxergar algo que levasse a lembrança do que acabara de acontecer. A cena de um pai se debatendo numa cama, como um animal desses que a gente despreza e mata, invadia meus pensamentos indiscriminadamente. Lembrei da agonia de um boi sacrificado na minha frente por primos fazendeiros em Minas Gerais, onde passamos uma de nossas férias conhecendo a família de mamãe e a vida no campo. Ironicamente: a morte no campo.

Morte. Algo que se explicaria com o tempo, como se não fosse necessário pensar nela até me tornar um adulto. Como se não tivesse nada a ver com a minha idade ou a minha vida. Inesperadamente, eu estava lá em frente àquela situação onde tudo me levava a pensar na morte e em suas consequências. Na fazenda, quando me deparei com ela disfarçada, no ritual do sacrifício pelo alimento, não pensei em nenhum momento em suas consequências para o animal que, a partir dali, se transformaria em churrasco. Naquela manhã, apesar de não acreditar nela, tratei logo de pensar em outras coisas, reparar nos detalhes do prédio, iniciar meu caminho para escola. Foi a primeira vez que fugi conscientemente dos pensamentos sobre a morte, foi a primeira vez que senti de fato sua presença na lucidez da luz do dia.

Comecei a sentir o cheiro das flores, como sempre, antes de chegar até ela. Não estava apressado como em todas as manhãs, e não me importava se chegasse atrasado naquele dia. Parei em frente à casa da esquina e apanhei uma flor bem nova e cheia de aroma, levei-a até o nariz e respirei seu perfume até surgir, no exato momento em que fechava os olhos para me concentrar em sua essência, a imagem da menina dos brincos de rubi. Joguei a flor na calçada e saí em disparada. Corri o mais rápido que pude. Quando cheguei não encontrei mais as filas no pátio, o que significava que teria de esperar até o recreio para vê-la.

Algo que realmente me levava pra longe. Ela me fazia sentir diferente, transformado, apaixonado. Esperei ansioso o toque do sinal para o recreio. Misturava as imagens que surgiam na minha cabeça num sono leve, usando a técnica de esconder o rosto adormecido com o braço estendido sobre a mesa. Enxergava papai fraco na cama e despertava olhando para meus colegas e lembrando da menina dos brincos de rubi. O sinal tocou trazendo uma sensação de alívio, característica daquela sonoridade contrastada entre a campainha e os gritos nos corredores. Saí rápido para o pátio e avistei Patrícia correndo com duas amigas. Assim que ela percebeu a minha presença, interrompeu sua corrida e ficou ali olhando pra mim. Eu senti que não havia outra alternativa senão a que eu, de qualquer forma, desejava. Caminhei até ela em passos normais, sem muita pressa.

– Oi, tudo bom? – falei, tímido.

– Tudo. E você?

Estávamos aprendendo a nos comunicar. Na maioria das conversas que tínhamos durante o recreio falávamos coisas sem muita importância. Já fazia algum tempo que vínhamos conversando, desde o dia em que Luíza havia nos apresentado. Eu estava acostumado a falar somente com meninos, não tinha nenhuma irmã e ela era definitivamente minha primeira aventura. Fomos aos poucos caminhando em direção ao bonde sem qualquer trajeto predeterminado, meus colegas já estavam acostumados com o nosso namoro e não nos perturbavam mais. Namoro, falando de uma forma extremamente platônica, é claro, pelo menos até aquele dia.

– O que você acha da gente sentar naquela escadinha que tem atrás do bonde?

A pergunta de Patrícia tinha algo além do platônico, apesar de carregar mais do que ingenuidade em sua entonação de menina. Assim que eu me aproximei dos pequenos degraus de concreto, senti um clima diferente nos envolvendo. Um grande silêncio instalou-se ali, um vazio que precisava ser preenchido por alguma coisa que não palavras. Uma cena que não precisa de script para ser decorada, falas que nascem acompanhadas de gestos e que brotam de nossos impulsos. Fiquei estático frente a ela e logo percebi que sua face ia ficando aos poucos ruborizada, quase da cor de seus brincos. Senti uma enorme responsabilidade, o dever de fazer algo, preencher aquele vazio de silêncio com atitudes automáticas. Emoções muito parecidas com as que sentira na reunião dançante quando dançava com a gordinha do vestido de lantejoulas, projetando a pessoa que estava ali na minha frente. Aproximei-me com o coração disparado. A cada centímetro meus batimentos se aceleravam enquanto ela permanecia imóvel e progressivamente ruborizada. A distância já permitia que fechássemos os olhos, deixando os movimentos seguirem sozinhos, sem guia, numa aproximação infalível. Os lábios tocaram-se musicados pela respiração ofegante que nos perseguia. Suavemente fomos nos acostumando e deixando que somente o silêncio e a sensação de carinho e afeto permanecesse conosco. A maciez dos seus lábios e o calor do seu corpo me levavam numa dimensão indescritível. Não era preciso qualquer ensaio para que a cena saísse perfeita no calor dos nossos corpos. Pensei então em dizer-lhe mil palavras plenas, quando...

Briim!!!!!!

O sinal funcionava como uma corda que nos prendia de todos os lados, às vezes nos salvando, às vezes nos enforcando.

– Eu tenho de voltar para minha sala – da boca morna de Patrícia surgiram palavras frias e apressadas.

O sinal trazia-nos de volta para a realidade dos preconceitos e das falações. Sentei ali mesmo, na pequena escada de concreto, e ali fiquei por todo o resto daqueles dois períodos que precediam o último sinal. O local era bastante escondido e a professora do SOE não me encontrou em nenhuma de suas investidas ao pátio. Escorei as costas nos degraus e fiquei olhando pro céu, observando a rota dos aviões e dos pássaros. Aproveitei ao máximo aquele momento posterior ao meu primeiro beijo, projetando tudo que me viesse à cabeça e retendo a sensação quente daquele gesto nos meus sentidos. Fiquei ali até o último sinal, que soou precisamente às onze e quarenta e cinco, jogando todos ao pátio e encobrindo a minha fuga. Na saída não encontrei Patrícia. Acho que ela ficou meio envergonhada e não quis se mostrar mais naquele dia.

Caminhei sem pressa até a casa da esquina onde apanhei outra flor de aroma viciante, enterrei-a no nariz e continuei lento, temperando mais um momento com sua fragrância. Subi os seis lances de escada pensando em como poderia enganar Catarina. Frente à porta tentei algo diferente com a campainha, algo inusitado. Normalmente eu fazia combinações entre os toques, desta vez eu decidi não tocar, apenas dei duas batidas secas na altura da janelinha:

– Pó, pó!

Achei que funcionaria como no dia em que inconscientemente consegui enganá-la. Esperei que ela viesse correndo pelo corredor, quando ouvi novamente a voz que ecoava da cozinha:

– Já vai, Ranço!

XVI

Os dias e as semanas passaram-se assim como os meses naquele ano de calças boca de sino e camisas de gola longa. Eu já estava totalmente acostumado com os percursos de meus apontamentos, tanto para a aula de pintura quanto para os treinos de basquete. Papai continuava sua irreversível metamorfose, escorado em versos tétricos de um tal Augusto dos Anjos. Na gaveta, eu já guardava mais de trinta cruzeiros que a venda dos rabiscos havia me rendido, entre os rostos sem contorno e as paisagens roubadas. Naquela manhã acordei já com dor de barriga, nem cheguei a sentir a pequena tensão que precede a dor. O campeonato citadino de basquete havia chegado ao fim e naquela tarde iríamos realizar nossa última partida. Foi um excelente ano para meu aprendizado esportivo, consegui ingressar definitivamente no time titular e chegar até a final. Papai estava um pouco melhor durante aquela semana. Para ele, apesar da dificuldade, era imprescindível estar presente à última partida do campeonato.

— Quem é que está trancado no banheiro? — gritou mamãe desencadeando em mim todo um processo de contração que implicaria em um aumento significativo daquela demora.

– Sou eu! Já tô saindo! – falei ainda com a voz espremida, sem o menor constrangimento.

– Olha que a gente vai se atrasar pro jogo!

Mamãe advertia-me do horário ao mesmo tempo que se maquiava, reafirmando com lápis e batom os traços suaves de seu rosto. Seus trinta e poucos anos reluziam beleza num tom de pele dourado. Seu corpo possuía as curvas mais perfeitas e sua voz os tons mais afinados.

Assim que saí do banheiro, passei pela porta do quarto e flagrei papai olhando para ela sentado na cama. Ele não me viu, pois seus olhos eram todos dela. Ela não o viu, pois, concentrada, se maquiava para ele. Eu não me via, pois meu mundo era todo aquela cena que brilhava nos olhos dele. Parei por alguns instantes, hipnotizado. Nos olhos de papai encontrei mais que admiração e desejo. Olhos de um corpo pálido, doente e sem vida. Olhar de um homem vivo e apaixonado. Mamãe continuava se maquiando enquanto ele esboçava uma expressão de cinema mudo, daquelas que dizem mais que tudo. Não falei uma só palavra, pois não queria interromper aquela gravação – sim, gravação. Papai estava gravando em sua memória aquela cena para lembrar dela onde quer que fosse. Como se a memória não pertencesse ao corpo, e por certo que não pertence. Como se uma simples recordação servisse para reencontrar alguém distante, e por certo que serve. Ela permaneceu frente ao espelho por mais alguns instantes repetindo os gestos automáticos dos rituais de todas as mulheres frente ao espelho. De repente percebi mamãe virando direto pra mim enquanto papai permanecia estático olhando para ela.

– Você já está pronto? – perguntou mamãe, virando o pescoço em minha direção.

– Já – respondi meio mudo, enquanto papai se virava incorporando a minha imagem à cena.

Plim, blom !

A campainha tocou e aproveitei para sair correndo do quarto. Papai continuou lá, sentado na cama, enquanto fui atender a porta ao lado de Catarina.

– Boa tarde, seu Armando.

A disciplina de Armandio e o rigor com os horários fariam com que todos se apressassem para o jogo. Eu não estava mais com tanta pressa, os olhos de papai focados na imagem que refletia no espelho do quarto me fizeram pensar. Pensar nas diferenças das expectativas de cada um de nós. Na individualidade implacável de cada destino, que nos jogava, como numa explosão, em direções tão opostas.

No caminho formávamos dois grupos: eu e meus irmãos; meus pais, Armandio e Catarina. Achava muito engraçado o jeito de Catarina, ela andava grudada em minha mãe, parecendo estar com medo de tudo. Quando parávamos em alguma sinaleira que fosse necessário apertar o botão de pedestres para atravessar, Catarina não apertava nem com muito esforço, para ela tudo que fosse eletrônico lhe botava medo; menos, é claro, o seu radinho, que ficava permanentemente sintonizado:

"Sorria, a rádio Caiçara é alegria."

Nem naquela ida ao clube para assistir a minha partida Catarina abandonava seu radinho. Armandio já era diferente, com seu terno impecável, andava elegante pela rua insistindo sempre em me corrigir a postura:

– Anda direito guri! Assim vai acabar ficando corcunda.

Entre carros e pessoas, brincadeiras e xingões, chegamos à porta do clube. Uma grande faixa anunciava a partida que definiria o campeão daquele ano. Os campeões dos outros anos se mostravam eternos em placas de bronze espalhadas pelo clube com os nomes e as datas de cada time e suas respectivas vitórias. Fui para o vestiário onde o time já se encontrava concentrado, peguei a camisa quinze e subi as escadas do grande ginásio para encarar a minha primeira decisão. Quando entrei na quadra, vi que papai ainda não havia chegado até a quarta fileira de cadeiras na arquibancada. Seus passos eram muito lentos e os degraus muito largos. Mamãe e Catarina o ajudavam, amparando-o cada uma de um lado e subindo lentamente. Papai fazia questão daquele lugar onde podia ver o jogo com mais clareza. O time adversário aquecia do outro lado da quadra e para que tudo estivesse perfeito só faltava Patrícia. Ela não era sócia do clube, no entanto, sempre que se disputava alguma final, fosse no vôlei ou no basquete, os portões abriam-se para quem quisesse prestigiar os jogos. Eu fiz questão de convidá-la, o que me deixava ainda mais ansioso.

– Priiii!!!!!

O apito do juiz determinava que fôssemos para o centro da quadra. Ela ainda não havia chegado. Eu estava muito impaciente olhando para a arquibancada sem parar. Mamãe fez um sinal para que eu prestasse atenção na quadra quando Patrícia entrou pelo portão do ginásio. Tudo parou naquele instante. Ela flutuava pelos degraus da arquibancada com seus cabelos castanhos e seus brincos de rubi. A voz do treinador rasgou o silêncio e distorceu sua imagem num grito visceral:

– Vamo jogá, porra!!!!

Voltei a atenção imediatamente para o brutamontes que vinha em minha direção e sem esboçar qualquer reação fui literalmente atropelado. Voei uns dois metros deslizando de costas na madeira invernizada da quadra coberta, quando ouvi o apito do juiz dando falta a meu favor. Todos vibraram, e eu comecei então a partida. Marcação, ataque, jogadas, arremessos, bandejinhas, faltas, todas as situações que tantas vezes treinamos condensadas numa só partida. Papai muitas vezes se levantava, apesar das dores que sentia, e gritava junto com o treinador. Mamãe mantinha a compostura com as pernas cruzadas e os dedos em figa. Catarina torcia, sem deixar que seu radinho se afastasse mais que cinco centímetros de sua orelha, enquanto meus irmãos corriam pelas arquibancadas. Eu dava tudo de mim naquela partida de tantos olhares, me dedicava ao máximo para que nada saísse errado. Faltando dez segundos para acabar a partida, estávamos empatados. Recebi a bola do armador, que corria desenfreadamente pela lateral da quadra. Tracei minhas possibilidades e decidi rapidamente passar para o ala que tinha maior visibilidade. O arremesso saiu de suas mãos endereçado. Por um segundo todos calaram.

"Chuá!"

Novamente não havia outra palavra além de "euforia" para ilustrar aquele momento. Mais do que nunca me sentia o próprio "super-homem". Papai desceu o mais rápido que pôde as arquibancadas para cumprimentar não só a mim como a todo o time. Todos sabiam de sua doença e isso valorizava ainda mais sua presença naquele momento. Havia meninos que não enxergavam seus pais nas arquibancadas. Eu recebi a medalha de campeão citadino das mãos de papai e senti, como na ocasião em que ele olhava para mamãe lá no quarto, a sensação de que tudo estava sendo gravado, não só por ele. Gravei tudo nos mínimos detalhes para me lembrar sempre que tenho vontade de reviver aquele momento. Lembro dos garotos que gravaram a sensação de vazio das ausências displicentes de seus pais, e não controlo o sorriso espontâneo que me vem ao rosto quando recordo a presença dele.

Depois da premiação ficamos ainda algum tempo às voltas com toda a função do jogo. Olhei para todos os lados procurando alguma cabeleira dourada ou algum brinco exótico, quando senti um toque suave em meu ombro:

– Parabéns pela partida!

A voz suave era inconfundível. Virei rapidamente e me surpreendi ainda mais. Como no meu primeiro jogo, parecia que tudo se realçava de alguma forma. Seus cabelos castanhos estavam ainda mais macios, seu rosto me contemplava com dois grandes olhos brilhantes e com a boca do meu primeiro beijo. Resolvi não falar muitas palavras, apenas dei-lhe a mão e esperei que o resto viesse naturalmente. Antes que mamãe, Armandio ou Catarina viessem me chamar para que voltássemos para casa, resolvi apresentá-la:

— Papai, esta aqui é a Patrícia.

— Então você que é a famosa Patrícia. Ouvi falar muito de você e de seus brincos — falou papai com um jeito sorridente e insinuante.

— Meus brincos?

— Papai! — intervi, preocupado com as possíveis brincadeiras que pudesse inventar.

— Calma, vocês estão vendo o meu anel? É um anel de advogado, feito com uma pedra de rubi. Alguém me contou que você adora brincos de rubi, não é? — estendendo a mão na direção de Patrícia e exibindo o anel que adornava seu dedo.

— Eu adoro — sorriu Patrícia, olhando para o anel e logo em seguida para mim.

Eu, para ser sincero, não havia reparado que o anel de papai era exatamente da mesma pedra que os brincos pelos quais batizei Patrícia, o fato é que, coincidência ou não, os dois tinham mais que apenas a pedra em comum, tinham o foco das minhas atenções. Eu olhava para eles tentando expressar tudo que eu sentia. As palavras esforçavam-se pra fazer daquela situação um momento perfeito, mas foram os olhares que se eternizaram. O sorriso de mamãe, o rubor de Patrícia, a felicidade de papai, cenas jogadas entre gritos e carinhos em um dia sem ressalvas. Voltamos pela rua iluminada daquele final de tarde. Patrícia voltou para casa apanhada por sua irmã mais velha, que surgiu num carro novo de faróis redondos. Catarina guardou seu rádio e Armandio reclamou do horário. Meus irmãos estavam curiosos e não paravam de mexer com a medalha, enquanto mamãe apoiava papai pelo braço. Dobrando a esquina avistei o nosso prédio e lembrei dos seis lances de escada, olhei para os passos lentos de papai e segurei-lhe a mão trêmula.

XVII

O Anjo

Nas primeiras noites daquele verão eu já sentia o quanto seria quente aquele janeiro. As aulas haviam acabado, o campeonato de basquete também. Nós não iríamos para a praia, passaríamos o verão nos mesmos trajetos que passamos o ano todo. Nesta época a cidade estava vazia, desocupada por seus habitantes que fugiam do calor úmido de uma capital distante do mar. A praia mais próxima ficava a cem quilômetros dali, onde veraneávamos quase todos os anos que precederam a doença de papai.

Naquela noite eu fui dormir mais cedo, senti um cansaço estranho. Deitei na cama e fiquei ali olhando para a projeção das sombras das esquadrias que passavam pelo teto iluminadas pelos faróis dos carros, na mesma dança de sempre. À medida que o tempo ia passando, mais espaçadas eram as sombras. Eu ficava pensando em tudo, falando sozinho no silêncio do meu lado intimista. Às vezes ficava apenas olhando a dança das sombras feito bobo, como se ao contrário dos instantes anteriores eu passasse subitamente a pensar em nada. Lembrei da tarde em que fiquei preso no meu próprio corpo e senti medo.

Vi mais uma sombra que passava acompanhada pelo som dos pneus no paralelepípedo e tentei mudar o foco do meu pensamento, buscando descobrir qual a marca do automóvel que passava. Me imaginei então dentro do carro, um SP2, eu o achava o máximo, parecia o carro do Speed Racer. Nele eu voava pelas estradas cheias de coqueiros perto de uma praia e de alguns cômoros. Eu imaginava tudo, sempre acreditando que eram visões do futuro, do meu futuro. Como se o que estivesse por vir fosse um lugar paradisíaco predestinado para mim. Era sempre no meio dos meus delírios que eu adormecia de fato. Naquela noite meus sonhos foram apenas escuridão e dormência até as quatro horas e vinte e cinco minutos da manhã do dia nove de janeiro.

– Acorda! – falou Catarina meio baixinho ao lado de mamãe.

Silêncio...

– Acorda, Ranço!

– Filho, acorda! – falou mamãe com seu tom de veludo.

Eu não escutava direito, o estado de dormência em que se encontrava o meu corpo não me permitia qualquer gesto mais ousado. Lá no meu inconsciente, porém, algo me dizia que a combinação das vozes de Catarina e de mamãe era mais do que um bom motivo para encontrar forças e sair de onde estava.

— Filho, acorde o seu irmão e leve-o até o quarto do seu pai.

Saí da cama sem reclamar, percebendo que se tratava de algo realmente importante. Um tipo de sentimento que dispensa idade ou entendimento. Levantei ainda com meu lençol na mão e fui até a cama do meu irmão mais novo.

— Ei! Acorda!

Ele tinha dois anos a menos do que eu. Seus cabelos longos e loiros confundiam-se com o tom amarelado de sua roupa de cama. Eu sabia que depois que o acordasse nada mais seria como antes. Sua pele branca como a nuvem esparsa de um dia ensolarado refletia a luz e ofuscava minha visão ainda embaralhada daquela madrugada. Relutei em insistir, mas não havia outro jeito. Usei o lençol que me cobria para fazer uma grande capa. Fomos saindo lentamente do quarto até a porta do corredor onde encontramos, já vestido, o nosso irmão mais velho. Mamãe e Catarina nos aguardavam na porta do quarto de casal. Cada passo que dávamos em direção ao quarto me fazia viajar ainda mais para dentro de mim mesmo, numa viagem sem volta; olhava para o rosto de meu irmão menor e nele via apenas sono. Éramos muito novos para entender o que se passava, ele me seguia encoberto pelo meu lençol numa procissão de significados confusos. No rosto do mais velho, via o oposto. Uma tentativa de controlar seus mais espontâneos sentimentos com expressões de resignação.

Assim que cruzamos o marco da porta, pude ver

papai deitado, apoiando as costas no encosto da cama. Suas mãos estavam deitadas sobre seu corpo e sobre o lençol que o cobria. Mãos brancas de dedos longos, onde o anel de rubi reluzia no vermelho de sua pedra, contrastada pelo tom de leite da pele pálida. Anel que já caía folgado em seu dedo de ossos. Seus braços estavam magros. Eu ainda não havia reparado o quão magros estavam aqueles braços que levavam com sua força os livros que lia, sempre encobertos por camisas de voal. Na cama, papai estava quase nu, vestia apenas uma camiseta de física daquelas que os avós usam permanentemente por baixo de qualquer traje.

Não estávamos sós no quarto. Três homens e uma mulher vestidos de branco aguardavam para levá-lo. Há quem afirme que naquela noite de nove de janeiro eram apenas três homens de branco. Até mesmo meu irmão mais velho costuma não se lembrar da enfermeira que nos acompanhava naquela noite. Papai estendeu a mão em nossa direção pedindo que nos aproximássemos, mamãe tocou meu ombro enquanto eu e meus irmãos sentávamos na cama. Apesar da luz do abajur, o efeito das sombras refletidas pelos faróis também dançava no teto do quarto de casal, passando de um lado para o outro.

Nos olhos de papai encontrei algo que busco até hoje. Hipnotizado por ele, fui tomado em seus braços no maior abraço de que tenho lembrança. O corpo descorado emanou em mim o calor acolhedor daquele último gesto sem palavras. Um calor de pai que independe de qualquer estado para que cumpra sua função de explicar tudo na acolhida de um gesto. O destino era mais forte que tudo e papai apenas queria dizer adeus. Eu entendi e voltei para cama como se não tivesse entendido, todos me achavam novo demais para compreender a morte. No quarto coloquei meu irmão de volta na cama e deitei atento a cada ruído que viesse do quarto deles. Ouvi algumas conversas enquanto o colocavam na pequena maca branca que trouxeram para levá-lo.

– Você está com medo? – na voz de mamãe.

– Não! – respondeu papai com firmeza e uma certa irritação.

– Eu, no seu lugar, estaria com medo – falou mamãe meio ofegante enquanto acabavam de transferi-lo para a maca.

Papai estava irritado porque não queria ir embora, não queria nos deixar sozinhos, não queria ter de enterrar com ele todas as projeções que fizera a nosso respeito. O rumo de nossas vidas, as futuras namoradas, os momentos difíceis, os netos. Tudo morreria com ele.

A maca iniciou a saída do quarto enquanto Catarina juntava algumas coisas e colocava em uma pequena mala.

– Não se incomode Catarina, para onde eu vou não preciso de mala – tentando ajeitar bruscamente o lençol em suas costas ao passar pela porta.

Mamãe não deixou, nem por um instante, de acompanhar cada movimento. Eu não resisti e voltei até o quarto de onde os avistei já saindo pelo corredor da sala. Não havia mais tempo, da maca vi apenas a mão caída para fora com os dedos longos e o anel de rubi.

XVIII

Fotos e Flores

Éramos eu, meus dois irmãos, os primos que vieram de Santa Catarina e os três filhos de uma das melhores amigas de mamãe. Ao todo, nove; de Fernando, que havia completado apenas dois anos, até Adriano, com treze. Na sala, assistíamos a mais um seriado de tevê: Sargento Garcia tomava água em frente a um poço artesiano enquanto Zorro cruzava ao fundo com seu traje negro. Mamãe entrou acompanhada de duas tias e sentou-se ao nosso lado com olhos de atriz. Continuamos concentrados nas aventuras do herói mascarado, jogados entre o sofá e as almofadas atiradas pelo chão. Da boca que ensaiara a mesma frase repetidamente, antes de sentar-se na poltrona, surgiu:

– Quem vai querer se despedir do tio Sadi?

O seriado continuava sonorizando aquela fotografia que, como numa pausa, permanecia estática não fosse a variação de luminosidade que a tevê refletia em nossos rostos. Mamãe não repetiu a pergunta, até porque, após uma noite de meditação sobre fazê-la ou não, só lhe restava a certeza de que a faria apenas uma vez. Do canto do sofá ouvimos a primeira manifestação favorável:

– Eu quero ver o tio! – disse convicto um dos filhos da amiga de mamãe.

Comecei a calçar as botas que estavam jogadas no meio da sala, deixando claro que seria mais um voluntário. Em menos de um minuto, todos estavam prontos frente à tevê desligada.

A tarde estava bonita, mas um calor abafado e úmido nos fazia transpirar nas poucas roupas de verão. Fui olhando pelo caminho as mesmas coisas de sempre como se nada tivesse mudado a nossa volta. As mesmas casas, as mesmas lojas, os mesmos carros, a amoreira e a casa da esquina. Tudo exatamente igual e ao mesmo tempo tão diferente de todas as vezes que passei por aqueles caminhos traçados no limite do bairro. Daquela parte do trajeto em diante não era mais apenas a atmosfera que estava aos poucos se transformando, eram também as ruas, as lojas e as pessoas. Senti tanta mudança dentro de mim que não conseguia enxergar com nitidez sequer meu próprio rosto refletido no espelho do carro.

Éramos nove e nove foram as flores que apanhamos no caminho, auxiliados por mamãe e pelas duas tias que nos acompanhavam. Na chegada, entramos por corredores estranhos, cheios de fotos e flores. Ali caminhamos por algum tempo passando também por campos gramados de uma grama parelha – tapete de pequenas construções – e muitas estátuas. Estátuas pretas, estátuas brancas, estátuas douradas, todas dispostas na laje fria do mármore sobre a terra. Reparei logo na cor de todos os vestidos e no tom de todos os ternos. Armandio, com seu paletó impecável, estava de pé no centro da sala. Seu braço desmaiava na mão que, suavemente, acariciava a madeira invernizada do caixão. A carícia era para papai, o caixão também. Entramos os nove de mãos dadas carregando cada um sua flor. Eu nunca havia visto algo tão estranho como um caixão, a não ser nas fotos dos sarcófagos nos livros de História.

– É uma injustiça, tão novinhos.

– E a mãe é tão nova.

– Ele era realmente uma boa pessoa.

– Deus o tenha.

Mal sabiam que papai não acreditava em Deus e que, quando no leito de morte, expulsou o padre que viera dar-lhe a extrema-unção:

– Vocês acham que só porque estou no leito de morte vou aceitar essa baboseira de ter que me purificar dos meus pecados? O padre que vá pra puta que o pariu!

Papai parece ter se imbuído de uma força extra instantes antes de sua morte, como quem, tomado de adrenalina, se joga num vazio de medo. Num dos momentos que lhe voltava a lucidez ele disse, olhando bem fundo nos olhos assustados de mamãe:

– Mefistófeles, acaba aqui o nosso pacto.

Mamãe não respondia, apenas ajudava a segurá-lo entre uma convulsão e outra, na difícil separação do corpo e da alma.

Em meio ao preto dos ternos e vestidos, fomos passando ao lado do caixão. Era realmente um lindo caixão de verniz lustroso e alças douradas. Os primeiros foram os primos, depois os filhos da amiga de mamãe, e por último nós. Eu me aproximei receoso, não sabia exatamente o que veríamos por trás do vidro. Movimentei-me lentamente com a penúltima flor na mão. Espichei meu corpo e na ponta dos pés coloquei minha flor ao lado das outras. O rosto amarelo e as mãos com os dedos entrelaçados na altura da barriga traziam-me uma impressão diferente do homem vivo que conheci. Por mais que me pendurasse naquele caixão à procura de papai, o máximo que encontraria dele seriam as roupas. A gravata azul e o terno risca de giz.

Do lado de fora olhei para a brisa quente que soprava naquela tarde de janeiro enquanto seguia o cortejo. Armandio não conseguia conter as lágrimas ao lado de Helma que, em passos lentos, escondia o rosto atrás de um véu leve, pronunciando lamúrias em alemão. Para ele, de fato, acho que era muito pior. Ver a morte de um filho deve ser mais doloroso do que ver a morte de um pai, se é que existe pior ou melhor dentro dos segredos da morte.

Morrer, acabar, falecer, sinônimos que têm como antônimos: viver, começar, gozar. Para nós e para Armandio nenhuma destas palavras teria significado se não pudéssemos transcender os limites entre um universo e outro. Se conheço a vida, conheço a morte. Se conheço a morte, posso falar com papai. A partir daquele dia nunca mais deixei de conversar com ele na intimidade dos meus pensamentos. Ele existe para mim sem que necessariamente exista para si mesmo.

XIX

FIM DO RECREIO

Papai estava sorridente, vovô também. Meu corpo estava tão leve que mal tocava o chão acarpetado da sala. Quando o carpete se aproximava, bastava relaxar que logo ele voltava a se distanciar, evitando mais uma queda no meu voo. Às vezes eu tentava voar nadando, como se estivesse dentro d'água. Com os braços apanhava o ar em braçadas de peito que me faziam descer ao invés de subir. No chão eu voltava a relaxar e novamente passeava leve entre Armandio e papai que juntos conversavam sobre o nosso futuro:

— Eles vão ficar bem, não se preocupe — falava vovô para papai em tom despreocupado enquanto eu sobrevoava o ambiente.

Papai, sentado na poltrona, ficava ajeitando os cabelos com um olhar fixo para o nada. Imóvel, parecia desvendar os mistérios de seu foco com gestos sutis e complacentes.

De repente, ele olhou pra mim e falou como se realmente estivesse ali:

— Desce daí, guri!

Desconcentrei-me e caí da altura do meu voo, aproximadamente uns dois metros. Com o susto, abri os olhos e enxerguei uma mão branca segurando o copo de vitamina. Custei alguns instantes pra entender quem era.

– Onde está a Catarina? – perguntei ainda muito sonolento para mamãe.

– Está lá na cozinha – respondeu num tom sério sem maiores explicações.

A morte de papai não havia levado apenas a figura paterna de nossa família. As despesas com a doença e o pequeno salário de professora que mamãe recebia nos obrigariam, dali em diante, a sacrifícios dos quais eu não tinha noção. O primeiro seria Catarina. Levantei-me e caminhei até a cozinha com o copo vazio na mão. Lá estava ela sentada ao lado de suas malas no banquinho perto do fogão. Larguei o copo na pia e sentei ao seu lado.

– A sua mãe vai precisar muito da ajuda de vocês. Eu vou para outra casa, mas tenho certeza que não encontro mais nenhum lugar como este. Sua mãe é uma pessoa muito especial. Se eu pudesse, ficava – falou com a cabeça baixa e com as mãos entrelaçadas sobre os joelhos.

Olhei para Catarina e sem falar apenas dei-lhe um beijo forte no rosto. Ao mesmo tempo, meu irmão entrou na cozinha com seu copo vazio na mão, largou-o na pia e repetiu meu gesto, beijando o rosto de Catarina.

Desci as escadas de três em três degraus, minhas pernas estavam maiores e o portão do prédio já não era para mim assim tão pesado. No caminho não notei nada de novo, apesar de não ter perdido o interesse em observar tudo e todos. Como em todo primeiro dia de aula, não levei mais que um pequeno caderno para anotar a listagem de material e os horários das aulas. Passei pela casa da esquina e notei que estavam reformando o telhado e o pátio. No telhado reformavam apenas o madeirame, que provavelmente encontrava-se em péssimo estado, mas no pátio não. Quase me passaram despercebidas as grades que, jogadas no canto da garagem, esperavam para serem instaladas justamente em frente ao gramado. A grade não me impediria de apanhar as flores nas quais eu era viciado, mas certamente mudaria a atmosfera da casa e me impediria de sentar junto à grama nas ocasiões em que ficava ali ao léu. Continuei com o passo apertado de todas as idas, rumo ao primeiro dia daquele novo ano. Na chegada entrei rápido e fui logo para o pátio procurar minha fila que seria identificada por um cartaz indicando cada turma, respectivamente. O bonde amarelo, pavilhões de madeira pintados de azul e a construção de esquadrias verdes e tijolos à vista me aguardavam para mais uma execução:

– Ouviram do Ipiranga às margens plácidas...

A mesma vitrola se esforçava para executar o hino entre os estalos do vinil e os balanços da professora do SOE. Enquanto todos tentavam identificar uns aos outros naquela primeira troca de olhares, eu não movia o pescoço sequer para procurar Patrícia e seus brincos de rubi. Fiquei apenas parado no lugar que me cabia no fim da fila. Cumprimentei os colegas e as colegas dos outros anos e acompanhei o fluxo que, após a execução do hino, se dirigia para dentro do pavilhão. Na sala busquei a terceira fila de classes e sentei quieto. Assim que a primeira professora entrou, comecei a ter novamente a sensação de desejo impossível que tanto me perturbava ano após ano. Os rostos pintados e os corpos maduros daquelas balzaquianas me estimulavam de uma forma relâmpago. Notei que atrás de mim sentava, como nos anos anteriores, Luíza. Olhei para ela e esbocei um cumprimento cordial, retribuído apenas por um olhar tímido e meio sem jeito. Voltei a encará-la com mais veemência e senti que ela estava realmente estranha. O tempo que nos separava do recreio parecia estar levemente mais desprendido. Eu não me sentia tão ansioso e preocupado como nos outros primeiros dias de aula de que tinha lembrança. Acho que justamente por isso refletia em mim esse pequeno desprendimento do tempo que fazia as distâncias entre os sinais.

Briim!!!

Saí para o recreio disposto a descobrir a razão da estranheza de Luíza. Aproveitei para ir até a escadinha atrás do bonde na esperança de encontrar Patrícia e restabelecer o namoro interrompido. Esperei algum tempo sentado na escada, recostado nos degraus, olhando para cima. Aos poucos fui sentindo a presença de alguém entre o bonde e a parede do muro. Virei o rosto e enxerguei o colega das pastelinas com dois sacos nas mãos acompanhado por

Luíza. Eu continuei deitado, esperando que chegassem mais perto. Eles não chegaram, ficaram apenas me observando de longe. Resolvi permanecer calado com a visão concentrada na eventual aparição de algum pássaro ou avião que tivesse em sua rota a vertical do nosso pátio.

– Nós ficamos sabendo da morte de seu pai – falou numa entonação natural o colega das pastelinas.

Eu virei novamente o rosto e os dois já estavam sentados ao meu lado usando como banco um pedaço de compensado escorado na escada.

– Tudo bem – falei também em tom natural.

Havia algo estranho no silêncio daqueles dois. Virei novamente o rosto e afrouxei um pouco a gola do casaco para que o sol banhasse também o meu pescoço enquanto os dois permaneciam calados. Ficamos ali ao sol acompanhados apenas do silêncio e da expectativa da pergunta que estava por vir:

– Você está esperando a Patrícia? – perguntou Luíza.

– Qual o problema? – perguntei como quem não entende a razão do interesse.

– Você não está sabendo?

– Sabendo de quê?

– A Patrícia está morando em Brasília, o pai dela foi transferido para lá. Eles foram no final de janeiro, bem no meio das férias – falou, surpresa.

– Fala sério, Luíza, eu sei que é brincadeira – falei calmo, certo de que tudo não passava de uma pegadinha característica do retorno às aulas.

– Não é brincadeira, é verdade, eu juro.

Desencostei a cabeça do último degrau da escada e pedi um pouco de pastelina ao colega que, sentado, espalhava farelos em sua barriga gorda.

– Luíza! – um grito vindo do pátio.

Luíza levantou e saiu correndo para o centro do pátio deixando ali na escada o pouco que restou de mim. Lembrei dos cabelos castanhos e dos olhos fechados durante o primeiro beijo. Lembrei do sonho que tive com ela entre transeuntes e elefantes no lago seco de areia. Suas sandálias trançadas e seu vestido leve.

Briim!!! – fim do recreio.

– Acho melhor a gente ir voltando – falou o colega das pastelinas.

Olhei para o vão que escondia a escada entre o muro e o bonde e com o olhar fixo me despedi do local onde minhas lembranças me traziam de volta até o cheiro dela. Caminhei ao lado do colega, filando um pouco dos salgados que tinham o sabor da nossa infância. Na classe usei a mesma técnica de sempre, esticando o braço e deitando a cabeça sobre ele enquanto a professora dava início às famosas apresentações constrangedoras:

– A Bruna vai se apresentar e falar de onde veio e de como é a sua família – falou a professora com um jeito infantil como se fôssemos todos retardados.

– Meu nome é Bruna, eu vim da quarta série A e meus pais são engenheiros.

Eu não estava acreditando, quanto mais eu desejava esquecer tudo de triste que me envolvia, mais surgiam situações que traziam tudo de volta.

— Minha mãe é professora, meu pai é um defunto e minha namorada foi morar em Brasília – pensei com a cabeça escorada no braço enquanto Bruna se apresentava.

No final não tive coragem e acabei seguindo o formato ortodoxo de aluno comportado e tímido, do tipo que não incomoda.

Briim!!!

Mal pude acreditar quando ouvi a saudosa sinfonia dos gritos nos corredores em contraponto à campainha do último sinal. Saí entre todos com os olhos desconfiados. Quando vim para a escola, no início da manhã, nem me passava pela cabeça a possibilidade de nunca mais encontrar Patrícia. Para ser sincero, eu nem estava tão preocupado com a obrigatoriedade de vê-la no primeiro dia de aula, achava que teríamos tempo, o ano inteiro. Não resisti e apanhei Luíza pelo braço antes que passássemos pela porta da saída.

— Você tem certeza que a Patrícia foi pra Brasília? – perguntei, inconformado.

— Tenho, eu já te disse que tenho – respondeu, em palavras firmes e absolutamente verdadeiras.

Soltei-lhe o braço e iniciei minha volta para casa sem esperar mais um segundo. No caminho me aflorava uma sensação de carência que me apertava o peito, olhava para tudo e enxergava em tudo uma ameaça, como se estivesse absolutamente desprotegido e fosse ser apanhado a qualquer momento. A menina dos brincos de rubi estava num lugar muito distante. Uma cidade nova, muito além dos limites do bairro. Parei em frente à casa da esquina e sentei-me nas pedras do cordão na margem do gramado. Os homens que trabalhavam no telhado provavelmente haviam saído para o almoço. Não apanhei sequer uma flor, apenas fiquei ali sentado olhando para a janela e viajando...

...a sala estava vazia e na cadeira fofa e imponente havia um grande livro de encadernação cara. Na capa, um mapa colorido e a rosa dos ventos. Aos poucos aproximava-se um senhor bastante idoso que vestia um terno risca de giz com uma gravata azul-marinho. Nos braços, um bebê de dedos gordos e cabelos crespos. Na mão que afagava a criança cor de leite, encontrava-se o anel. Um anel banhado a ouro com inscrições em prata na base da pedra que misturava meus sentimentos num caldeirão de incertezas. Levei por instinto os olhos ao relógio verde-escuro que adornava meu pulso, não quis esperar o desfecho da cena e saí arrastando flores com a jaqueta amarrada na cintura.

Plim, blom!

Silêncio.

Plim, blom!

Silêncio.

Plim, blom!

Silêncio.

Plim, blom! Plim, blom! Plim, blom! Plim, blom!...

A campainha perdeu o som de tantas vezes que bati, sem escutar o grito de Catarina. Ela não atenderia mais.

– Calma, filho!

A CASA DA ESQUINA

Mamãe correu da cozinha deixando as panelas no fogo. Não fazia muito tempo que ela havia chegado da escola que lecionava no turno da manhã.

– O almoço já vai ficar pronto – falou confusa entre panelas e cadernos de chamada.

Joguei a mochila em algum canto da sala e sentei no mesmo lugar de sempre. A mesa estava posta sem os lugares de papai e Catarina. Dali em diante seríamos nós quatro.

– Filhinho, dá pra você fazer o suco?

Mamãe tinha que trabalhar, fazer as lidas domésticas e arranjar tempo para nós. Eu fiz o suco e sentei de volta à mesa. Com o garfo, desenhei cortando até o fundo do prato meu pequeno ensaio arquitetônico: sala, cozinha, banheiros etc. Comecei, como sempre, pela varanda. Enquanto passeava pelos carboidratos e proteínas, olhava para mamãe que, num ritmo automático, tratava de levar tudo adiante. Bem no fundo eu podia notar a mesma dor que apertava o meu peito escondida nos olhos dela. A sau-dade mais profunda e a sensação de impotência só eram amenizadas pelo amor que permanecia entre nós. Tudo seria diferente, não sabia exatamente como. Não sabia se as perdas nos fariam mais fortes ou mais fracos.

Iniciava-se um novo ano e naquela semana reco-meçariam as aulas de basquete e pintura. Muitas ideias já me surgiam na cabeça antes que começasse a pintar novamente. Depois do almoço e dos nossos depoimentos sobre as experiências daquele primeiro dia de aula, fomos para a varanda. Deitei sobre o carpete e pensei no sol e

127

na imortalidade. Peguei uma folha de papel em branco de dentro da minha pasta de desenho e comecei a desenhar uma grande barbatana sem peixe, ou um grande nariz sem rosto, ou apenas uma linha num papel em branco que eu poderia não preencher com aquele peixe, ou aquele rosto. Ali no carpete eu adormeci e acordei há pouco. Dos almoços eu ainda escuto as vozes. Da casa da esquina eu ainda sinto o perfume das flores.